転生したらドラゴンの卵だった
～最強以外目指さねぇ～
Illustration:NAJI yanagida

転生したらドラゴンの卵だった

～最強以外目指さねぇ～

15

猫子《Necoco》

ILLUSTRATION
NAJI柳田

アポカリプス〚イルシア〛

本作の主人公。転生したら卵の姿だったものの、必死のLv上げのかいあって順調に進化を遂げ、ついにランクLの頂にたどり着いた。明るく前向きだが、優しすぎる性格が玉に瑕。

ミーア
箱庭にて出会った元勇者兼元魔王。最後の神聖スキル〖地獄道〗をイルシアに託した。

ミリア
イルシアに名前を与えた心優しき白魔導士の少女。イルシアの軌跡をずっと追っている。

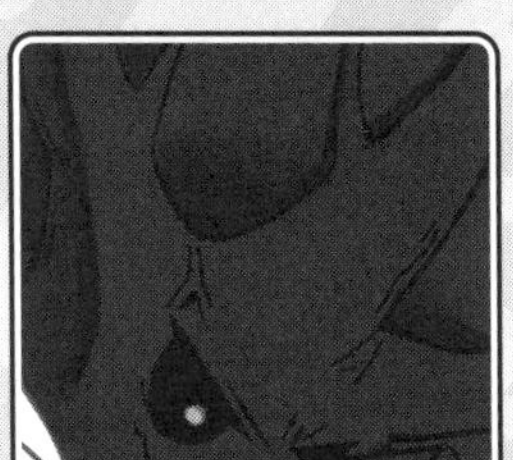
トレント
イルシアに命を与えられた心優しき木偶モンスター。神の声によって箱庭に閉じ込められてしまう。

アロ
イルシアに命を与えられたアンデッドの少女。神の声によって箱庭に閉じ込められてしまう。

神の声
世界を消滅させるためにイルシアたちを戦わせてきた張本人。

これまでのあらすじ

神の声により
異界に閉じ込められてしまったイルシアは、
脱出する術を探す中で
前世代の勇者兼魔王であるミーアと出会った。
神の声とも戦った経験をもつ
強力な味方であるミーアとの出会いで大きく成長したイルシアたちは、
天穿つ塔を守る〔ランクL《伝説級》〕の魔物ヘカトンケイルに挑む。
守りに特化した超耐久型の相手に苦戦する中、
次第に相手の意思がイルシアに流れ込んできた。
『マダ、倒レルワケニハ……！ 最後ノ使命ヲ、果タスマデハ！』
執拗に自分を標的にするヘカトンケイルを見てあることに気づいたイルシアは
最後に一対一でヘカトンケイルに向き合い、そして打ち倒した。
ヘカトンケイルもまた、神の声によって異界送りにされたいつかの勇者であり
新世代の勇者に神の声を倒す力をつけさせるため、試練として立ちはだかっていたのだ。

ヘカトンケイルの想いを受け継ぎ、神の声へ向き合う気持ちを新たにしたイルシア。
しかし、天穿つ塔を登ろうとしたところで今度はミーアから攻撃される。
目的を同じくする者として刃を交える必要はないと説得するイルシアだったが、
神の声への復讐に燃えるミーアの心にはイルシアの声は届かなかった。

元勇者であり元魔王でもある文字通り“過去最強”の相手を前に苦戦するイルシアたち。
互いに消耗していく中、最後の力を振り絞って刃を交えようとしたとき突然ミーアは刃をおろし、
そのままイルシアの攻撃をその身に受けた。
突然の行動に驚愕するイルシアだったが、
“神聖スキル〔地獄道〕を託す”というのはミーアがイルシアと出会ったときから決めていたことだった。

神の声の手に落ち、自分ではもう対峙することも叶わない。
ならば新たな勇者であるイルシアにすべてを託したいと願ったミーア。
ミーアもヘカトンケイルも何代もの勇者たちの願いを受け継いできていた。
神の声に翻弄され、敗れてきたすべての者たちの想いを手にしたイルシアは、
異界を脱出するために長い螺旋階段をのぼりはじめる。

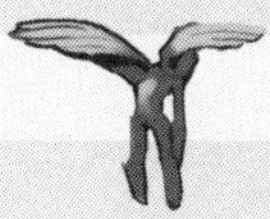

CONTENTS

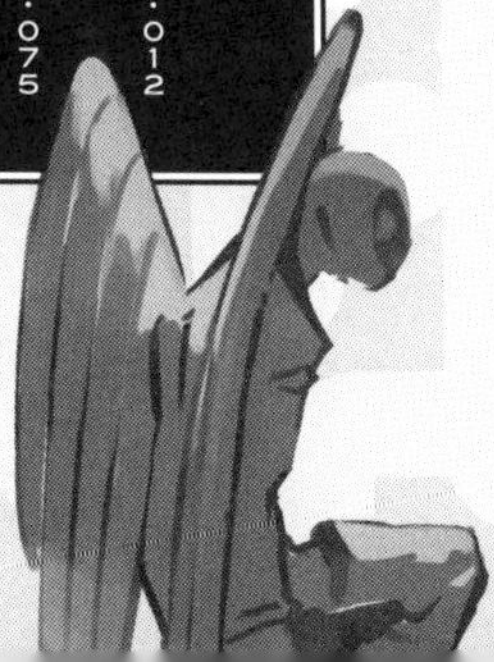

第1話　とある少女の聖都来訪

1　―ミリア―

「ついにここまで辿り着いたな、ミリア」

　メルティアさんが私へと振り返り、にっと口許《くちもと》を曲げて笑顔を見せる。頭の動きに続き、彼女の綺麗な金髪が靡《なび》いた。

　私は都市へと目をやった。

　街並みは白一色であった。厳かな雰囲気の、背の高い建造物が並んでいる。建物の一つ一つが芸術品のような美しさを持っていた。

　私は息を呑んだ。こんな美しい街並みは、生まれて初めて見る。

　別に見識を広めるための旅だったというわけではないけれど、故郷の村でずっと暮らしていた頃には、こんな場所があるだなんて夢にも思わなかった。こうした地を目にする度に、私は世界の広さを思い知らされる。

　ここはリーアルム聖国、その中心部である聖都リドムである。リーアルム聖国の長である教皇、そしてこの国を導く英雄である聖女の住まう地だ。

「……メルティアさん、ここまで私の我が儘に付き合ってくださって、本当にありがとうございます」

「ミリアの意志は固かったし……あのまま王都アルバンで別れるのも後味が悪かったからな。それに、乗り掛かった船だ。元々私は拠点も目的も持たない流れ者。ここまで来たんだ、最後まで付き合うさ」

「メルティアさん……」

「それに、白魔法の使い手と二人で旅ができるのは、経験値的に美味しいとわかったからな。人数が少ないから頭割りで報酬も減らされにくいし、動きやすいから戦闘の回数も熟《こな》しやすい。フフ、この機会を簡単に手放してなるものか」

　メルティアさんは口角を上げてそう口にした。私は自身の表情が綻ぶのを感じた。

「メルティアさんって、照れ屋さんですよね。褒められたり感謝されたりしたら、いつもすぐに自分で下げて誤魔化そうとするんですもん」

「き、気付いたとしても、そういうことを言うのは止《や》めろ！」

　メルティアさんは顔を赤くしてそう言った。

　私達は聖都の中を歩いた。白い洗練されたデザインの建造物が並ぶ中、ところどころに彫像が立っている。

どの彫像も細かく作り込まれていて驚かされた。ただ、その中でも一番人目を惹くものは比べるまでもなかった。

都市の中心部に、三十メートルはあろうかという、巨大な天使の彫像がある。どうやってあれを造ったのか見当もつかない。

「凄い……」

「『ルミラの天使像』だな、私も聞いたことがあるぞ」

「ルミラ……？　それって、先代の聖女様の名前ですよね？」

「ああ、そうだ、そのルミラだ。なんとこの像は、聖女ルミラが七日掛けてたった一人で造り上げたものだそうだ。彼女が敬愛していた勇者ミーアがモデルになっているとされる。……まぁ、そこは学者の中でも諸説あるようだが」

「た、たったの七日で……？　魔法スキルを使ったんでしょうけど、聖女の魔力はそこまで強大なものなんですね」

「ふふ、或いはそう思わせて聖女という存在に箔を付けるために、誇張しているのかもしれないな。実際のところはどうだったことやら」

メルティアさんはそこまで言うと目を細め、周囲を一瞥してから、私へと顔を近づけて声を潜めた。

「ミリア……聖都リドムは、リーアルム聖国の中でも特に熱心な聖神教徒が多い。外での話題には気を付けた方がいいだろう。特に聖女リリクシーラの話は注意が必要だ。聖国の人間は、皆彼女を神聖視している。お前がリリクシーラについてあまりいい印象を持っていないことは私も知っているが……」

「……大丈夫です。わかっています」

私は小さく頭を下げた。

私が聖都リドムを訪れたのは、王都アルバンで何があったのかを聖女リリクシーラに直接確認するためである。

メルティアさんが王都アルバンの王城に招かれ、私も付き添いとして同行することになったあのときの事件。

王城にいた兵らは皆、人に化けた粘体の身体を持つ化け物で、王女も魔物の王に成り代わられていた。

私はあのとき、化け物の幹部である三騎士のサーマルに狙われていたが、イルシアさんの連れていた赤目の少女と蜘蛛の魔物に助けられ、窮地を脱することができたのだ。

そこまではよかった。だが、問題はその後だ。

騒動が終わった後……いつの間にやら、アーデジア王国を支配していたのは、配下のスライムを道具として操っていた、高位のドラゴンであるということになっていた。……そして聖女リリクシーラが魔物の首魁であるドラゴンを追い出し、アーデジア王国を魔物の手から奪還することに成功した、と。

しかし、そんなわけがない。イルシアさんはあのとき私を助けてくれたのだ。そもそも明らかにスライム達とも対立していた。

イルシアさんが村でグレゴリーさんを殺したり、私に爪を向けたりしたことも、きっと、いや、絶対に本意ではなかったはずだ。

あのときのことの真実を知りたい。そして何より……もう一度、イルシアさんに会いたい。その一心で私はこの聖都リドムを訪れた。

「しかし問題は、聖女リリクシーラにどうやって会うか、だな。忙しい人物だと聞いているから、そもそも今このリドムにいるのかも怪しいところだ。各国の上層部への面会やら、危険な魔物の討伐やらに追われているそうだからな。王家の血が絶えて大貴族による王座争いが始まったアーデジア王国の調停まで行っていたそうだ」

簡単に会える相手でないことは理解している。

だが、聖女リリクシーラは相棒である聖竜セラピムに跨って各地を移動しているという。追い掛けて追い付ける相手ではない。どうしても会いたければ、この聖都リドムで根気強く機会を待つしかない。

「それに聖女リリクシーラには後ろ暗い噂も多い。彼女の有する聖騎士団は、頭一つ抜けた世界最強の武装集団だとされている。聖女本人の戦闘能力も尋常ではない。リリクシーラはその圧倒的な戦力を用いて、周辺国に圧力を掛けるような真似もしているそうだ。色々と弱小国を支援する活動はしているようだが、足許を見て相手から搾り取るような外交形態が多い」

聖神教の教義には『自身の損得を顧みずに困っている周囲の人達に対して手を差し伸べよ』というものがあるらしい。リーアルム聖国はその教えを国家規模で守り、遠方の魔物災害への対策から、戦争調停まで積極的に活動している。

ただ聖国や聖女は、どうやら聖神よりもリアリストらしい。教義の『自身の損得を顧みずに』という部分は守られてはいないようだ。

「随分とおっかない人物らしいぞ。聖女リリクシーラがドラゴンをスライム達の首魁だと認定したのは、もしかしたら自分に都合よく事件の筋書きを書き直そうとしているからなのかもしれん。調停と称してアーデジア王国を聖国の傀儡《かいらい》国家にするまたとない機会だろうからなぁ。魔物同士で潰し合って漁夫の利を得たと言うより、ドラゴンを悪役にして叩き出してしまった方が都合がよかった……とも考えられる。国を救ったという大義を得て、アーデジア王国をコントロールすることができる。気を付けておけ、ミリア。聖女リリクシーラは、真実を知りたがる私達の首を落として黙らせようとするかもしれないぞ」

メルティアさんはわざと怖い顔をして、自分の首へ指を向けて斬る仕草を取った。

「あ、あの、メルティアさん……」

「フフ、なんてな。そう怖がるな、ミリア。まぁ、今のは少し過剰に捲し立てたが、それくらい警戒しておいた方がいいという話だ。聖女リリクシーラとの面会に成功したとしても、ドラゴンと友達です、なんてことは伏せておいた方がいいだろう」

「いえ、その、声が少し大きくて……その、周囲の目が」

「貴様ら、いい度胸をしているな！　聖女様は、この世界から少しでも不幸な人達を減らすべく、身を粉にして調停に力を注いでいたのだ。それを、アーデジア王国を傀儡にしようとしているだと……？」

　聖神教の白いローブを纏った、顎髭のある男が歩いてきた。顔を真っ赤にして怒っている。次の瞬間には殴り掛かってきてもおかしくない剣呑な雰囲気だった。

「ま、まずい、逃げるぞ！」

　メルティアさんはしまったというように顔を歪めると、私の手を引いて走り始めた。

「逃がすか！　この地で聖女様を侮辱して、ただで済むと思うなよ！　おい、誰か手を貸せ！　余《よ》所者《そもの》が聖女様を冒瀆《ぼうとく》したぞ！　懲らしめてやる！」

「ゆ、許してくれ！　私達はただの噂好きの流れ者なんだ！」

　メルティアさんが泣きそうな声を上げる。

「……メルティアさん、自分で話題は気を付けろって言ってたのに」

　私はぽつりと呟き、溜め息を漏らした。

2

無事に激昂する教徒達から逃げ果《おお》せて宿を取った私とメルティアさんは翌日、聖女リリクシーラについての情報収集のために市街地を歩いていた。そして噴水のある広場にて、聖神教の老いた教徒、グレムさんより詳しく話を聞くことに成功した。

「何も知らんのだな、旅の御仁。聖女様は邪竜の魔王と決着を付けるべく、聖騎士団と共に最東の異境地へと向かわれたのじゃよ」

「う、嘘……聖女リリクシーラが、イルシアさんを狙って……」

聖女リリクシーラは、イルシアさんをアーデジア王国を狙った黒幕に仕立て上げるだけでは飽き足らず、世界の端まで追い掛けての討伐を企てているようだった。メルティアさんも話を聞いて、苦い表情を浮かべている。

なぜそんなことになったのかはわからない。ただ、確かなことがある。

聖女リリクシーラはこの世界最大の戦力を有する英雄であり……仮にイルシアさんが彼女に打ち勝ったとしても、そのときは間違いなく人類の敵として全世界に認識されるであろう、ということである。

イルシアさんは聖女リリクシーラに殺されるか、本当に魔王として世界から狙われ続けることになるか。そのどちらかしかないのだ。

こんな不条理なことがあるだろうか。話を聞いていて、沸々と怒りが込み上げてきた。何がこうまで、イルシアさんを追い込もうとしているのか。

「どうして、こんなことに……！　こ、こんなの、絶対におかしいです！　だってあのとき、イルシアさん……あのドラゴンは、王都アルバンを守るために戦っていたのに！　それなのにこんな扱い、あんまりです！」

「お、おい、ミリア、落ち着け！　あはは……すまない、グレムさん、この子、少し興奮してしまって……」

　メルティアが目線で必死に『その話はよくない』と訴えかけてくる。

「はん、何を出鱈目を言うんじゃ」

「わ、私は、事件が起きたとき、その場に居合わせていました！　王城に招かれていた、メルティアさんの付き添いで……！」

「なんじゃと……？」

　私の言葉が予想外だったらしく、グレムさんの表情が歪む。

「ですから、絶対に違うんです！　他の王城に招かれていた方々や、王都アルバンにいた人達の証言を聞けば、きっと何かがおかしいってわかるはずです！　こんな戦い、決着がつく前に止めないと、取り返しのつかないことになります！」

　グレムさんが杖を床に打ち付けた。

「て、適当なことを並べるではないわ！　ぺらぺらと妄言を！　第一……あの忌まわしき邪竜はな、ハレナエに乗り込んで勇者様を殺害しておるのじゃ！」

「う、嘘……」

私は言葉に詰まった。

砂漠の地ハレナエにて、勇者が魔物から故郷の国を守ろうとして命を落とした、という話は聞いたことがあった。だが、それがイルシアさんだったなんてことは聞いたことは疎《おろ》か、考えたこともなかった。

「本当なのか……グレムさん。その、別のドラゴンだとかは……」

メルティアさんが困惑したように尋ねる。

「ああ、別の邪竜かもしれんの。人里に乗り込む、青紫の鱗と白い鬣《たてがみ》、二つの首を有する邪竜など、珍しくもなんともないじゃろうからな！」

グレムさんが大声で私にそう怒鳴る。突然の怒声に、周囲の人達が何事かと、ぎょっとしたふうに私達を見ていた。

私は何も言い返せなかった。

本当に全く同じ特徴のドラゴンが現れて勇者を殺したとなれば、それは疑いの余地なくイルシアさんのことだろう。そもそも魔物が大都市に乗り込んでくること自体、そう多くはない事件なのだから。

知恵のない魔物は、魔除けのお呪いや結界で簡単に追い払うことができる。理性のない魔物は、魔力干渉で本能の嫌悪感を少し煽ってやれば、その先へはまず近づいてこようとはしてこないものなのだ。

私の村にあったのは、マリエルさんがほとんど個人で用意した簡易の魔除けのお呪いだったが、それでも村まで魔物がやってきたことは少ない。大都市ともなれば、優秀な魔術師達が集まって知恵を絞り、何重もの魔除けの結界を張っている。

そして知恵のある魔物は、危険を冒してまでわざわざ大都市に入り込むような真似はしない。都市ぐるみで討伐に出てこられれば、一溜まりもないと知っているからである。

そのはずが、ドラゴンが都市の中央部まで乗り込んできて、片や勇者の殺害、片や王国の乗っ取り工作をしでかしたのだ。

どちらも歴史に残る大事件である。外見的な特徴も全く同じと言われれば、それは別のドラゴンだと主張できる要素がない。

「き、きっと何か、情報伝達に誤りがあって……それで……。そ、そうです！　聖女リリクシーラが王都アルバンの事件をドラゴンに押し付けるために、わざと嘘の情報を……！」

「……ミリア、もう行こう」

メルティアさんが私の肩を叩き、ゆっくり首を左右に振った。

「ハレナエと聖都リドムは、聖神教の二大聖地だ。加えてリーアルム聖国は、勇者の生まれる地として、資源や物資の少ないハレナエにかなりの支援を行っている。ハレナエは砂漠に閉ざされた地だが、ハレナエの情報が聖都リドムに流れていることは何もおかしくない。それにハレナエをドラゴンが襲撃したというのなら、目撃者は相当な数に上るだろう。嘘の情報を流して特徴を誤魔化すなんて現実的じゃない」

「メ、メルティアさん、でも……」

「すまない、グレムさん。私達は旅の者で、この地についても深く知らない。失礼があったことを謝罪する」

「ふん！　わかればいいのじゃ、わかれば！　まったく……聖女様を貶め、邪竜を崇めるとは！　なんたる愚かな不敬者か！　粗野で学がなく、信仰心もない！　流れの冒険者などと口を利いてやったのが間違いじゃったわい！」

　私も頭を下げてグレムさんへと謝罪し、すぐにその場を離れることにした。

「ごめんなさい……メルティアさん。言うべきじゃないって、頭ではわかっていたんです。でも、耐えられなくて……」

　少し時間を置いてから、私はメルティアさんへと頭を下げた。

「それだけショックだったのだろう。私だって驚いたさ、ミリアが冷静に話を聞けなかったのも仕方がない」

「……事件の話も、聖女リリクシーラがイルシアさんの討伐に出たことも、凄くショックでした。

でも、それ以上に……どうして会うどころか、一目見ることさえしていないイルシアさんのことをあんなに悪く言うんだろうって、それが悲しくて……。あのお爺さんに、もしかしたら例のドラゴンは悪くなかったのかもしれないって、そう思って欲しかったんです」

　メルティアさんは、私の頭を撫でてくれた。

「みんな自分の価値観で生きているからな。知らないものは、そう決めつけてしまった方が楽なんだ。自分の知らないものについて、全てを色々な角度から考えていたら、それだけで頭がパンクして何もできなくなってしまう。知らないものを悪し様に言うのはよくないことだが……まぁ、私だって……リーアルム聖国中の人間が英雄だと崇めている聖女リリクシーラを、見たこともないのに他国での評判で、面白半分に好き勝手言っていたわけだからな」

「……それは、そうですね」

「自分の友が否定されて悲しかったのだろう。だが、あの老人が邪竜だと謗《そし》っていたのは、あの老人の価値観の中のイルシアだ。ミリアが実際に会ったイルシアとは、全く別のものなんだよ。そう分けて考えてしまった方がいい。あの老人の話を聞いても、実際に会ったことのあるミリアはまだ、あのドラゴンのことを信じているのだろう？」

「ありがとうございます。少し……落ち着きました」

　私がそう言って頭を下げると、メルティアさんが破顔した。

「フフ、どうだ？　私もたまには真っ当なことを言うだろう！」

　私も釣られて笑った。

「メルティアさん……またすぐに茶化して誤魔化そうとする」

　メルティアさんは照れを隠すように、赤い顔で咳払いをした。

「……ただ、イルシアさんが聖女リリクシーラに追い詰められて、大変なことになっていることに変わりはありません。どうしたらいいのか……。そもそも私なんかに、できることなんて何もないのかもしれませんけれど……」

「まあ、四大魔境……世界の端まで行くのも、聖女リリクシーラの戦いに割って入るのも不可能だろうな。できることをやればいい。元々、真実を知りたい、例のドラゴンと話したいと思って、ずっと旅を続けてきたのだろう？　聖女リリクシーラがこの地に戻ってくれば、真相を聞き出すために話をする機会もあるかもしれない。聖女リリクシーラが戻ってこなければ、旅を続けていれば、いつかはドラゴンから話を聞く機会が訪れるかもしれない」

「そう……ですね」

　私は頷き、聖都リドムの街並みを眺めた。イルシアさんが勝つか……或いは、聖女リリクシーラが勝つか。決着がつくまではここに滞在するべきだろう。

　大聖堂に宮殿。聖都の美しい景観の中でも特に際立っている二大建造物へと目を向けた後、私は巨大な『ルミラの天使像』へと視線を移した。

「あれ……？」

私は目を擦った。

「む、どうしたのだ、ミリア？　目にゴミでも入ったか？」

「いえ、あの……人が立っているんですよ。ほら、見てください、巨像の上です。聖神教の何かの祭事でしょうか？」

「なに……？」

見間違いではない。巨大な『ルミラの天使像』の頭の上に、厚手の法衣に身を包む女の人が立っていた。

周囲の人達も、謎の女性の存在にちらほらと気が付き始めているようであった。彫像の頭を指差して、口々に騒ぎ始めている。

「な、何をやっているんだ、あそこの人は？　あれは安易に触れていい像ではないと聞いていたのだが……」

メルティアさんは『ルミラの天使像』の頭部に乗っている人物を見上げて目を細め、不安げにそう漏らした。

「ふざけるな、降りろ！」

「ルミラ様の像を足蹴にするなど、何様のつもりだ！」

「僧兵にあの女を捕らえさせろ！」

怒った人達が、彫像を見上げて罵詈雑言を浴びせている。やはり何かの祭事というわけでもなさそうだ。

「当たり前だが、みんな殺気立っているな……。何のつもりか知らんが、のこのこ降りてきても撲殺されかねないぞ」

　メルティアさんが苦い表情でそう口にした。

「で、でも、メルティアさん、これだけ人が集まっている中で誰にも気付かれずにあの巨大な彫像の頭の上まで登ったって……あの人、普通じゃありませんよ。もしかしたら名のある武人か、魔術師の人なのかもしれません」

「そんな人物が、何の目的で天使像に登るというんだ？　聖都のシンボルでもある『ルミラの天使像』に攀《よ》じ登るなど、聖騎士団が今は不在とは言え命知らずな真似を」

　私は天使像の頭上に立つ人物を見上げた。そのとき、法衣に隠れている口許が微かに動いたのが見えた。

「〖ルイン〗」

　頭上から確かに、そう声が聞こえた。次の瞬間、天使像の頭で七色の光が爆《は》ぜた。轟音と共に巨大な岩塊の頭部が綺麗に吹き飛んだ。

　煙が晴れたとき、天使像の頭がなくなっていた。謎の人物は、彫像の首の上に浮かんでいる。背には、白い光が形を成した翼があった。

「い、今の光……王都で、見たことある……」

あの七色の光……魔王騒動の際に王城を破壊して現れた光の竜が、王都アルバンをあっという間に半壊させた魔法だ。

忘れたくたって、とても忘れられるものではない。あのときの凄惨な光景は、今でも鮮明に記憶に焼き付いている。

その場に集まっていた人達は、悲鳴を上げて天使像から逃げていった。私はどうするべきなのかわからず、茫然と空高くに浮かぶ謎の人物を見上げていた。

爆風で頭部を隠していた法衣が外れ、彼女の顔が露《あら》わになっていた。

流れるような水色の長髪に、筋の通った高い鼻。整った顔立ちではあったが、彼女の顔からは一切の感情を感じられなかった。

「あんな魔術師、聞いたことない……」

魔法の規模を見ただけで分かる。彼女は、私が今まで見てきたどの魔術師よりも遥かにレベルが高い。

比べることだって烏滸《おこ》がましいほどだ。三メートル以上の直径を持つ岩塊を跡形もなく一瞬で消し飛ばすなんて、目の前の光景が信じられなかった。こんな人間が実在するなんて、今まで噂でも耳にしたことがない。

「ど、どこかの国の魔術師が襲撃に来たんだ！　リーアルム聖国は、随分無茶な外交もやっていたと言う！　恨みを買ったのだろう！　リリクシーラと聖騎士団が不在の間に、先兵を送り込んできたのだ！　逃げるぞ、ミリア！」

「待ってください、メルティアさん！　ぼ、冒険者が真っ先に逃げるわけにはいきません！　避難の誘導を……！」

「今の魔法の規模を見ただろう！　私達にどうにかできる次元じゃない！」

そのとき、逃げる人達とは反対に、天使像へと向かっていくお婆さんの姿が見えた。

「な、何をしているんですか！　逃げないと……！」

お婆さんは泣き崩れるように、地面へと倒れ込んだ。

「おお、おお……まさかとは思っていましたが、やはり間違いない……この御姿に、白き翼、そして破壊を齎《もたら》す虹の魔法『ルイン』……！　古き伝承に名を遺す、歴代最強と謳われる聖女ヨルネス様に違いない……！」

「ヨルネス……？」

名前は聞いたことがある。聖女は五百年おきに、魔物の王の手から世界を守るべく、勇者と共に現れるとされている。

今代の聖女リリクシーラ、そして先代の聖女ルミラといったように、過去にも何人もの聖女が存在する。

だが、ヨルネスは実在したかどうかさえ定かではない、遥か遠い過去の人物だ。こんなところに現れるわけがない。

「お婆さん、しっかりしてください！　あの人が聖女ヨルネスなわけがありません！　だったら、どうして天使像を壊さなくちゃいけないんですか！」

　私はお婆さんに駆け寄り、強引に身体を起こした。

　そのとき、謎の女性が両手を掲げた。

「『サンクチュアリ』」

　彼女を中心に、とんでもなく巨大な魔法陣が展開される。聖都全域が、魔法陣の青白い光に包まれていた。

　それからその巨大な魔法陣の円の縁から、光の壁がせり上がっていく。聖都の全てを綺麗に囲むように、巨大な青白い光の壁が出現したのだ。

「なんだこれは！　何が起きている！」

「これは本当に魔法なのか!?　俺がこれまで目にしてきたものとは、あまりに規模が違い過ぎる！」

　周囲の人達が叫びを上げる。

「う、嘘……」

　私はぽかんと口を開けて、周囲を見回した。

　完全に光の壁に聖都全体が囲まれている。彼女が行使した魔法によるものだと、信じられなかった。

私は今、夢でも見ているのか……或いは、幻覚でも見せられているのではなかろうか。だって、そう考えた方がずっと辻褄が合っている。こんなの、常識外れの規模の魔法で説明がつく範疇《はんちゅう》を、何周も超えている。

「見なさい！　やっぱりヨルネス様だったんだよ！　ヨルネス様は、三十の若さで、自ら聖神様に我が身を捧げるために命を絶たれた……。でも、その魂は死なずに、聖神様の御許で天使になっていらっしゃったんだ！　この世界を救済なさるために、現世に戻ってきたんだよ！」

お婆さんが私へと興奮気味に言う。

「そんなの、有り得ないよ……」

口ではお婆さんの言葉を否定しながらも、私は彼女が過去の伝説の聖女だという、その話を信じ掛けていた。

だって、目の前で既に信じられないことが起きているのだ。自分の常識の外の理《ことわり》が行われているとしか考えられない。

それに、お婆さん以外にも、謎の人物をヨルネスと呼んで頭を下げている人達が何人も現れ始めていた。

巨大な彫像の頭を一瞬で消し飛ばしたり、大都市である聖都リドム全体を光の壁で覆い囲んだり……。こんな馬鹿げた規模の魔法……確かに、大昔の聖女が天使となって帰還した、くらいのことが起きていなければ説明がつかない。

「〘悪神の霊雨〙」

ヨルネスらしき女性が、今度は左腕を空へと掲げる。あっという間に空に黒い靄《もや》が広がり、聖都リドムが暗雲に覆われていく。

明るかった街は、陽の光が遮られて影が落ちた。

聖都の空を一瞬にして黒い雲が覆い尽くしたことに、私は既にさほど驚かなくなってしまっていた。

「お、お婆さん、やっぱり逃げましょう」

「なぜヨルネス様から逃げなければならないんだい？」

「変ですよ！　やっぱり！　どう考えたって！　仮に聖女ヨルネスだったとしても、おかしいです！　ほら、見てください！　逃げている人の方がずっと多いんですよ！」

「でも、逃げるって……お嬢ちゃん、どこへ逃げるつもりなんだい？」

お婆さんが周囲へ目をやる。

「そ、それは……」

私は言葉に詰まった。

この聖都自体が、ヨルネスの魔法の壁に完全に包まれてしまっているのだ。一体どこへ逃げられるというのか。

「で、でも、とにかく、離れないと……」

私がお婆さんを説得しようとしたときだった。

「聖神様と今代の聖女リリクシーラの契りに従い……我が祖国に、神罰を」

ヨルネスが祈るように指を組んだ。

空を覆い尽くす暗雲から、聖都へと黒い雨が降り注いだ。

3

空から黒い雨が降り注いでくる。あまりに不吉な光景であった。

これがただの水であるわけがない。当たればきっと無事では済まないと、私は直感的にそう理解した。

私は空へと杖を掲げた。

「『クレイシールド』！」

『クレイシールド』は土の円盾を造り出す魔法だ。ありったけの魔力を込めて、とにかく分厚く、大きい土の円盾を造り出した。

土の円盾は直径二メートル近くにまでなった。ここまでのものを造り出せたことは、練習でも一度もない。

「よし、これで……！」

私は杖を捨て、落ちてくる円盾を支えて、傘のように用いる。押し潰されそうになったが、滑り込んできたメルティアさんが支えてくれた。

「ば、馬鹿者、ミリア！　私が手を貸すのが遅れていれば、そこの御老人諸共、土の盾に圧し潰されていたぞ！」

「ごめんなさい……。でも、あの雨、とてもただごとには思えなくて……」

黒い水が豪雨の如く降り注ぐ。撥《は》ねた液体が、私の衣服や顔に掛かった。ほんの少し掠めただけで、頭痛と吐き気がした。

「なに、この水……」

私は服に付着した黒い液体へと目をやった。

「うあ、うあああああっ！」

「苦しいっ、苦し……誰か、助け……！」

周囲から苦悶の叫び声が飛び交った。黒い雨の直撃を受けた人達は、皆苦しげに喘ぎ、全身が黒ずんであっという間に動かなくなっていく。

直撃を受けた人達が既に息絶えていることは、遠目にも明らかだった。身体全身が黒ずみ、硬くなっている。

あまりに恐ろしい光景だった。目前で起きていることが信じられない。思考が麻痺してしまいそうになる。

「こ、こんな……なんで……」

　黒い雨は聖都中心の方が勢いが強いが、端の方まで降り注いでいる。聖都の屋外にいた人間、その大半が今の雨によって命を奪われたのではなかろうか。

　天使像の首の断面の上に浮かぶヨルネスは、私がこれまでに見てきた常識の範疇の、完全に外側にいる化け物だった。

「ミリア、建物の中に逃げ込むぞ！　『クレイシールド』もいつまで持つかわかったものではない！　盾は私が支える！　御老人を連れていけ！」

「は、はい！」

　私はお婆さんの背を押さえながら移動し、建物の中へとどうにか逃げ込んだ。

　黒い雨自体は数分の内に止んだ。私は上がり込んだ建物の窓から、空に浮かぶヨルネスを睨んでいた。

　外には、全身が黒くなり、身体が縮んだ亡骸が無数に転がっている。

　今降り注いだ黒い雨によって……いったい何十人、何百人が亡くなったというのだろう。あんな化け物がいたら、聖都はお終い……いや、リーアルム聖国に限らず、この世界が終わるのも時間の問題だ。

　ヨルネスは現れたあの場から動いてさえいないのだ。そこから数分と経たない間に、この聖都を半壊状態へと追い込んでしまった。こんなの人間に限らず、伝説の魔物にだって聞いたことのない被害規模だ。

　子供がおとぎ話に聞いたとしても、有り得ないと笑って済ませてしまいそうな惨劇が、目前に広がっていた。

「クソ……！　せめて、聖女リリクシーラと聖騎士団がいれば……！」

　メルティアさんがそう言って壁を叩く。

「もし聖女リリクシーラがいても、今の攻撃に対抗できるかは……」

　今のヨルネスの攻撃の規模を見るに、彼女達がいてどうにかなる範疇をとっくに超えているように思う。

「な、何を言っている、ミリア。勇者や聖女は、元々魔物の王を討伐するために世界に生まれ落ちる存在なのだぞ。ただの人間一人、どうこうならないわけがない。それに聖騎士団長のアレクシオは、世界最強の武人と謳われている。私達がアルバンで見た、あの竜狩り以上の剣士だぞ！　あんなヨルネスの紛い物……！」

　自分を鼓舞するためだろう。メルティアさんは不安げに震える声を、大きく張り上げてそう口にした。

「あれは、本物のヨルネス様だよ。幾千年のときを経て……聖神の御許から、現世に帰って来られたんだ」

　お婆さんの言葉に、メルティアさんが唇を噛《か》む。

「まだ言っているのか！　本物の聖女であれば、何故こんなことをする！　御老人、外を見よ！　あの亡骸の数を！　私達も、ああなるところだったのだ！」

「……旅の剣士様や、ヨルネス様は、歴代最強の聖女として名を遺している。彼女でなければ、一体誰にこんなことができると思いますか？　恐ろしい所業ではありますが……それこそが、彼女がヨルネス様であることの証明のようなものです」

お婆さんも蒼褪《あおざ》めた表情をしていた。

彼女とて、今なおあの空に浮かぶ怪人を崇めているわけではないのだ。ただ、怪人の圧倒的な規模の魔法を目にして、ヨルネス以外の誰かであるとは考えられないだけで。

窓の外を見れば、ヨルネスが手を組んで目を瞑っていた。私は恐怖で頭がいっぱいだった。ヨルネスは、まだ何かをするつもりなのだ。

「これ以上……いったい、何を……」

「【ニルヴァーナ】」

ヨルネスを中心に赤い怪しげな光が広がっていく。その光は『ルミラの天使像』の上半身を覆ったかと思えば、更に広がり、聖都の全てを呑み込んでいく。

直感的に、あれは触れてはいけないものだと判断した。部屋のカーテンを閉めるのは間に合わなかった。私は眩い光を前に、手で顔を隠すのがせいぜいだった。

そうして急いで目を開いたとき……窓の外には、地獄のような光景が広がっていた。私は言葉を失った。

「ミ、ミリア、大丈夫か！　今、何か……魔法を受けて……！」

「そ……外の、人達が……」

「外？　し、しかし、外にはもう、生存者はほとんどいなかったはずだ。いったい、これ以上、何が起こったと……」

　メルティアさんは私の言葉を聞くと、慌てて窓へと近づいてきた。そうして外の様子を見て、言葉を失っていた。

「な、なんだ、これは……」

　黒くなった亡骸の背を引き裂き、奇怪な化け物が中から這い出ていたのだ。これまで目にしたことのあるどの魔物とも明らかに違う、異様な風貌をしていた。

　全身は白く、体表はまるで硝子《ガラス》のようにつるりとしている。輪郭としては人間に似ているのだが、その姿は人間のそれとは明らかに異なる。

　細かい特徴は個体によって異なるようで、顔が崩れていたり、頭部が四角であったり、腕が異様に細長かったり、目が六つあったりする。

　その姿は人の面影を持ってこそいるものの、存在そのものが現実離れしている。どこか人工的で、まるで抽象画から抜け出してきたかのようだった。顔は仮面を着けているかのように全く表情が変化しない。

「嘘、こんな……あ、有り得ない……夢……」

目前の状況に、頭が追い付かない。いや、頭がもう、理解を拒み始めていた。常識を超える最悪が起こったかと思えば、易々とそれを超えていく惨状が目前に繰り広げられていく。私は頭を押さえ、その場にしゃがみ込んでしまった。

メルティアさんもまた、外を眺めたまま茫然と立ち尽くしている。

「ど、どうなっている……？　まさかさっきの光によって、外の人間の死体が、全てあの化け物になったというのか？」

恐らくはあの『ニルヴァーナ』という魔法が、範囲内に存在する全ての人の亡骸を化け物に変えてしまう力を有しているのだ。……だとしたら、この聖都で数百もの数の化け物が、今の瞬間に誕生したことになる。

「ど、どうしよう……」

明らかにヨルネスは、ただの人間に太刀打ちできる規模の相手ではない。彼女からしてみれば、人間一人なんて、蟻も同然だろう。

この聖都リドムは彼女の張った魔法の壁に覆われているため、ここから逃げ出すこともできはしない。おまけに聖都リドム内は、ヨルネスの『ニルヴァーナ』によって不気味な化け物の群れに覆われている。

「と、とにかく、聖女リリクシーラが戻ってくるのを待つしかない！　……ドラゴン討伐が済まずとも、聖都の事情を知れば引き返してくるかもしれん」

メルティアさんは私に気を遣ったらしく、そう付け足した。

「でもあの化け物の群れから、身を隠し続けるのも簡単なことじゃありません。聖女リリクシーラが戻ってくるまで、一体どれだけ時間が掛かることか……」

それに、持ちこたえるかどうか以前に、仮にリリクシーラが戻ってきたとしても、とてもあのヨルネスをどうにかできるとは私には思えない。

確かに聖女リリクシーラは、Ａ級のドラゴンにも匹敵する力を個人で有していると称えられている。これは人間としては規格外のレベルであり、彼女一人の有無で国家間の戦力差が覆る程だといわれていた。

ただ、ヨルネスは、そんな次元でさえ軽く超えてしまっている。聖女リリクシーラが高位ドラゴンに匹敵する魔術師であれば、ヨルネスは神に等しい魔術師だ。

たとえ聖女リリクシーラとて、ものの数分で聖都をまるまる壊滅させることなどできはしないだろう。

「何も……できることなど、ないでしょうね。抗っても……恐怖する時間が延びるだけ……。この世界に、ヨルネス様より強い人間など、存在しないのですよ」

お婆さんが顔を青くしたまま口にする。

そのとき、家屋の扉が破られた。首が異様に長く、顔が上下逆さになっている怪人が、中へと押し入ってきた。ヨルネスが『ニルヴァーナ』によって死体から造り出した化け物だ。

「ミリア、『クレイシールド』を使え！」

メルティアさんが叫ぶ。

「え……？　は、はい！　『クレイシールド』！」

言われるがままに、私は『クレイシールド』を展開した。

土の円盾が、私の前方向に現れる。素早くメルティアさんが私の横に立ち、土の円盾を化け物へと向けて蹴り飛ばした。

狭い家屋内である。化け物は避けるのではなく、防ぐ方を選択した。両手を伸ばし、円盾を受け止める。

「あの力み方……そこまでレベルは高くないはずだ！　やるぞ！」

メルティアさんが化け物へと剣先を向ける。

「『ルナ・ルーチェン』！」

刃が光を放ち、その光が三つの熱の塊として化け物へと飛来していく。私も化け物へと杖を向けた。

「『ファイアスフィア』！」

化け物は円盾を受け止めたことで両腕が塞がっていたため、私達の攻撃を、頭部でまともに受けることになった。

『ルナ・ルーチェン』の連弾を受けて体勢を崩した後、『ファイアスフィア』を首許に受けて飛んでいった。頭を地面に打ち付け、首に罅《ひび》が入って砕け散る。

化け物の頭部が地面を転がる。全く体液は出ていなかった。残された身体の方は、もうぴくりとも動かなくなっていた。

「レベル自体は、やはりそう高くない。D級の魔物と同等程度か……いや、それより少し低いくらいだったかもしれない。あまり具体的に考えたくはないが、ある程度は生前のレベルに由来するのだろうな」

　メルティアさんが額の汗を拭いながら、そう言った。

　最初は『クレイシールド』を展開しろというメルティアさんの意図がわからなかったが、化け物は首が長かったため、盾を与えても満足に弱点を守れないはずと咄嗟に判断しての指示だったのだろう。

　さすが、メルティアさんは私よりずっと長く冒険者を続けているだけはある。

　初見の魔物と対峙したとき、まず優先して行わなければならないのは、相手の力を確かめることである。

　真っ先に相手の大まかなレベルを確認したところといい、メルティアさんは魔物を前にしたときの対応に手慣れている。

「あの化け物に、固有のスキルはなさそうだな。外を見ても、それらしいものを使っている個体は見つからない。もっとも、レベルについてもスキルについても個体差が大きそうなので、楽観視はできんがな」

　メルティアさんは破られた扉の前に立って周囲を窺う。

「食糧のある場所に人を集めよう。生存者に外を歩かせていては駄目だ、またいつあの雨が来るのかわかったものじゃない。死体も野晒しにしては、また奴の赤い光が来る。魔法で焼くか、埋めるか、近くの建物に運び込むかしなくてはならん。それに、あんな化け物に付き合っていたら魔力も足りなくなる。籠城して、見張りを交代するしかない」

　メルティアさんは口早にそう言った。

　私に伝えたい以上に、口に出して頭の中を整理したかったのだろう。絶望的な状況だが、メルティアさんは冷静であろうと努めている。

　私も状況に流されてばかりではいられない。

　首を振って、恐怖を頭から少しでも追い出そうとした。

「……そう、ですね。聖女リリクシーラと、聖騎士団の帰還を待つしかありません」

　聖女リリクシーラがヨルネスに敵うかの望みは、はっきりいってかなり薄いだろう。だが、私達はそれに賭けるしかないのだ。

「いや、案外、戦力が集まれば聖女ヨルネスを討伐できるかもしれん」

「えっ……」

私はメルティアさんの言葉に耳を疑った。

「見ろ、ミリア。肝心のヨルネスは、ずっと天使像の頭があった位置で浮かんでいるばかりだ。彼女が本当に力を有しているのなら、悠長にあの化け物達に任せていないで、自分の手で殺して回ればいい。違うか？」

「それは、そうかもしれませんが……」

「あの魔法攻撃は、ただのハッタリだ。いや、あの雨は確かに規模は大したものだったが、あれは即死状態異常と、呪いを付与するスキルだろう。故に、当たった壁や地面がダメージを受けている様子もない」

　確かに、あの雨は生体以外にはほとんど影響を及ぼしていないようだった。だからこそ『クレイシールド』で防ぐことができたのだ。

「私が推測するに、ヨルネスは直接的な攻撃手段に欠けるのかもしれん。それに、ああして人間が簡単に近づけないところにいるということは、こちらの攻撃を恐れているという証拠だ。ヨルネス本体は、恐らくそう頑強ではないのだ。戦力を集めて一気に叩けば、案外倒せないものではないかもしれん。魔法規模に圧倒されて敵うわけがないと私も判断してしまっていたが、それ自体が相手の策なのかもしれない。巨大なドラゴンや化け物じゃなく、ただの人間なんだ。どれだけ膨大な魔力を秘めていようとも、囲んで叩くことさえできれば、討伐も不可能ではないはずだ。魔術師が近接の戦いになれば脆いのは常識だ」

「そ、そう……でしょうか？　でも、あの天使像の頭を吹き飛ばした魔法……あれがある限り、とても私達に勝算があるようには思えません」

「あれは確かに脅威だな。だが、あの雨に比べれば、まだ攻撃規模は優しい。聖騎士団不在とはいえ、リーアルム聖国の一般僧兵とて、その辺の冒険者よりは遥かに水準が高い。分が悪いのは間違いない。だが、Ｄ級の魔物が、この閉ざされた聖都に大量発生しているのだ。時間が経てば、打つ手がなくなるのは我々の方だ」

　私はメルティアさんに並び、空を見上げた。

　ヨルネスが冷たい目で、聖都の街並みを見下ろしている。

　ああしている間に、もう一度黒い雨を降らせるなり、虹の魔法を放つなり、なんでもできるのではないだろうか。

　できないのではなく、単にやらないとしたら……？

　魔力が減るのを恐れている？　あれだけの規模の魔法だ。さすがに消費魔力が少ないとは思えない。

　この後に、聖女リリクシーラとの戦いを控えているから？

　いや、それでも悠長過ぎるように感じる。だが、メルティアさんの言うように、ヨルネスがただの僧兵を恐れているとも思えない。

　もしも、時間を掛けて聖都リドムを破壊すること、それ自体に意味があるとしたら？

「……まるで脅しを掛けて、誰かを急かしているみたい」

「何か言ったか？　ミリア」

「いえ……」

「あれに挑むのが不安なのもわかる。しかし、やるにしろやらないにしろ、いずれ破滅が待っているのは間違いないんだ。だったら私は、やれることは全てやっておきたいとも思う。それに、私だって、無策で挑むつもりはないさ。まずは聖都の残存戦力と合流し、拠点を築き……その過程で、ヨルネスの情報を充分に集めてから、また一から考える」

4

　ヨルネス襲撃から四日が経過した。聖女リリクシーラの住居でもあるリドム宮殿にて、私とメルティアさんは現地の僧兵と協力し、人を集めて拠点としていた。

　本来この宮殿は一般人立ち入り厳禁の神聖な場所だそうだが、今はもうそれどころではない。聖職者の中にも反対するものはほとんどいなかった。

「……そろそろ、外部の助けが来るのではないかと思っていたのだがな」

　宮殿の通路を歩きながら、メルティアさんが力なくそう零《こぼ》した。

「そもそも来ても入れないのかもしれません。北区の大教会を拠点にしていた人達がこの聖都を覆う障壁を破ろうとしたそうですが、びくともしなかったらしいですから」

二日前、別拠点の戦力でヨルネスの『サンクチュアリ』を破って外に出ようという試みがあったらしい。

だが、刃や魔法攻撃がろくに通らないまま、化け物の襲撃によって失敗したそうだ。昨日、そのことを知らせる伝令がリドム宮殿へと現れた。

「限界かもしれんな……もう。こっちの戦力は減る一方だというのに、昨日ヨルネスが行った二度目の『ニルヴァーナ』によって、また相当数のあの奇怪な化け物の数が補充された。北区の大教会も、貴重な戦力を無謀な障壁突破作戦で失って壊滅寸前だろう。これ以上、持ちこたえるのは不可能だ」

メルティアさんの言う通り、あと何日持つのかわかったものではない。

現地の僧兵と協力してこの拠点を守っているが、段々と戦力が減ってきて個人の負担が大きくなってきている。私達も、すぐに表に戻る必要がある。

それに、昨日の『ニルヴァーナ』以降に発生した化け物は、それ以前に発生した化け物より平均レベルが大分高いのではないかと懸念されていた。

『ニルヴァーナ』によって人間の亡骸が魔物へと変異した場合、その際のレベルは生前のレベルによって決定されているのではないかという仮説がある。ヨルネスに対して明らかに化け物達の戦闘能力が低すぎるためである。ヨルネスのレベルや魔法力によって決定されているのであれば、一体一体があんなに脆いとはとても考えられない。

それに、化け物達の強さには明らかに個体差があった。どの個体も一般人よりは高いため生前のレベルに等しいとは思えないのだが、生前のレベルが何らかの形で戦闘能力に関与していることはほぼ間違いなかった。

ヨルネスが登場と共に降らせたあの黒い雨は、彼女の現れた聖都中心部以外での致死性はそこまで高くはなかったのだという。雨が掛かればすぐに気分を悪くしたため、魔法への耐性のある者は、雨が降ってから家屋の中へと避難するだけの十分な猶予があった。

つまり最初に行われた『ニルヴァーナ』で化け物となった骸は、レベルの低い一般人のものが大半であったのだ。

だが、昨日ヨルネスの行った二回目の『ニルヴァーナ』は別である。一般人は基本的に屋内や地下に避難しており、そこから動いてはいない。外に残っていた亡骸は、化け物と戦って死んだ僧兵達のものが大半であったのだ。

化け物の強さが生前のレベルに左右されるものだとすれば、二回目の『ニルヴァーナ』によって生まれた化け物達の強さは、従来の比ではない。実際、昨日の『ニルヴァーナ』以来、明らかに強い個体が増えたと皆口を揃えて言っている。死亡者の数も増えている。

「そう言えば、ドゴン司祭は大丈夫か？　また余計なことをしているのではないのか？」

「……大丈夫ですよ。ドゴン司祭は縄で縛って、一般避難民達の声が届かないところに閉じ込めていますからね」

メルティアさんの言葉に、私は苦笑しながらそう返した。

ドゴン司祭は、聖都リドムの教区の一部を管轄していた司祭である。それなりに魔物の討伐経験があってレベルが高いと聞いて戦闘要員として期待していたのだが、なんと彼は『大人しく聖都の民はヨルネス様によって転生して魂の救済を得るべき』というとんでもない思想を隠し持っていたのだ。

隙を見て行動を起こすつもりだったようだが、ドゴン司祭の部下が彼を裏切り、彼の企てをメルティアさんへと打ち明けたことで発覚した。

油断させたところを襲撃して彼の一派を一度は拘束したものの、その後も他の避難民の不安を煽って自身の思想に加担させようとしていたため、人目につかないところへ閉じ込めておくことになったのだ。

「あんな男、殺してしまえばいいんだ。食糧だって、そこまで余裕があるわけじゃない。死にたいなら外に蹴り出してやれ」

「錯乱しているだけですよ、ドゴン司祭も。聖都があんなことになったんですから、仕方ありません……」

私がそう答えたとき、通路の先から一人の男が走ってきた。白い衣を羽織っており、浅黒い肌をしている。

　聖都の僧兵長のシリウスさんである。強豪部隊の隊長だったらしく、この拠点の中では彼が一番強い。

「メルティア殿、ミリア殿、悪い知らせがある。北区の大教会が、明らかにこれまでの個体とは強さが桁違いに異なる、大型の化け物に滅ぼされた。やはり、二度目の『ニルヴァーナ』で出てきたのだろう。ここが墜ちるのも時間の問題だ」

「う、嘘……そんな……」

　敵が強くなっていることは危惧していた。だが、そこまで桁外れの強さを持つ化け物が現れるとは思っていなかった。

「外部の助けを待つばかりというわけにもいかない。既に数名で話し合ったのだが、俺はヨルネス様の討伐を真剣に考えている」

「無茶ですよ！　だって、あんな大規模な魔法を扱える相手……！」

「わかってはいる。だが、現状、このままではあの化け物共に滅ぼされるだけだろう？　それにヨルネス様は、ほとんど動きを見せていない。やはり能動的に動けない理由があると見た。そこに弱点があるのかもしれない」

　シリウスさんはそう言うが、私はとてもそうだとは思えなかった。

　この四日の間、ヨルネスの見せた動きは二度目の『ニルヴァーナ』のみである。やはり彼女は戦えないのではなく、単に戦わないだけなのではないだろうか。

「何にせよ、ヨルネス様の情報が少なすぎるのだ。現段階では何も判断のしようがない。何かしら動きを見るためにも、あの御方を攻撃する。私の弓スキルは特殊でな。ステータスの高い相手にも通りやすく、物理耐性も突破しやすい。倒せないにしても、何らかの反応は見せるはずだ。作戦会議に、御二方も加わっていただきたい」

　加わって欲しいのは、作戦会議だけでは済まないだろう。

「……そうだな、このままでは滅ぼされるだけだ。私も、賛成する。ミリア、お前は……」

　メルティアさんは重々しくそう言ってから、私を見た。

　ここで賛成意見を口にすれば、ほぼ間違いなく作戦に動員されることになるだろう。その確認の目だ。

「メルティアさんが賛成するなら、私も賛成します」

　メルティアさんだけ死地に送り込んで、私一人拠点の防衛に残るつもりはない。元々、メルティアさんがここまで来たのは、私についてきてくれたせいだ。

「お、おい、ミリアはヨルネスの攻撃には、反対だったんじゃ……」

　メルティアさんが困ったように言う。私は彼女を置いて、シリウスさんへと歩み寄った。

「早く行きましょう。他の人達、もう集まっているんですよね」

　傍観してくれている相手を動かすことにならなければいいのだが……とは思うが、現状維持では希望がないことも確かである。

5

作戦会議の翌日、聖女ヨルネス攻略計画が始まった。参加するのは私にメルティアさん、そして僧兵長シリウスさんを筆頭とした僧兵八名の、計十名である。五人ずつの二手に分かれて、天使像へと前後から接近することになった。

私とメルティアさんは同じグループであり、ヨルネスへと正面から近づいて彼女の気を少しでも引く役だ。そしてシリウスさんの率いる残りの五人は、私達が気を引いている内に死角から攻撃する手筈になっている。

とはいっても、直接ヨルネスを攻撃するのはシリウスさんだけだ。シリウスさんの隊の他の四人は露払い役となっている。他の四人が異形の化け物達からシリウスさんを守って、シリウスさんはヨルネスへの攻撃へと専念するのだ。

作戦の根幹となるのは、シリウスさんの弓のスキル『ドラゴンショット』。放たれた矢が竜を模した光を纏い、対象へと一直線に突進していく技だと聞いている。

このスキルは魔力の消耗が激しく、発動までに時間が掛かる。ただ、その分、攻撃力・貫通力が桁外れに高いそうだ。

防御力の高い相手や、物理攻撃への耐性スキルのレベルが高い相手にも大きなダメージが通りやすいスキルなのだと、シリウスさんから事前にそう説明されていた。

ヨルネスに『ドラゴンショット』が当たって、まともにダメージを受けてくれている様子であれば、ヨルネスは討伐できる相手だと確証が持てる。

そのまま戦闘を続行することにはならないだろうが、一旦退いて情報を持ち帰り、他の場所を拠点にしている僧兵達にも連絡し、具体的なヨルネスの討伐計画を練る予定であった。

下手に攻撃して事態が悪化する危険性も充分考慮したが、それでも現状維持はあまりに希望がなかった。

私達はメルティアさんを先頭に五人で、ヨルネスへと接近していく。美しかった聖都リドムの街並みは、既に化け物達が散々暴れた後で、見る影もなかった。廃墟となった建造物と、砕けた石像が並ぶ。

「うまくいくと思いますか？　メルティアさん」

「わからんさ。ただ、何らかの情報を得られることは間違いない。それが私達を余計に絶望させるものだったとしても、知らないでいた方がよかった、なんてことはないだろう。事実を受け止めなければ、目前の難事には対処できない」

メルティアさんが、天使像の上に浮かぶヨルネスへと目を向ける。

「シリウス様の『ドラゴンショット』で、もしかしたらヨルネス様が聖都に降りて、本格的な攻撃に出てくるかもしれませんね。そうなったら……俺達は……うう……」

僧兵の一人……ラッダさんがそう零した。

ラッダさんは背の低いおじさんで、気弱でよく周囲から窘《たしな》められている。気さくな人で、この数日の間で私も彼とよく話をした。

「おい、お前！　士気を下げるようなことを言うな！　危険は織り込み済み！　何がどう裏目に出るかなんてわかったもんじゃねえんだ！」

「は、はい、すみません、つい……」

別の僧兵から怒られて、ラッダさんはぺこぺこと頭を下げていた。

ただ、正直、私もラッダさんの言う通りになる可能性の方が高いのではないかと思っていた。反対すればメルティアさんだけ死地に送って私が宮殿に残る形になりそうだったため、あまり強くは言わなかったが。

あのヨルネスが人の手で倒しきれるというのは、かなり楽観的な考えである。現れた際に使った虹色の攻撃魔法……『ルイン』を持っているため、あれを連発されただけで、私達には為す術もないだろう。

今は滞空しているだけだが、あの高さで自在に飛び回れるなら臨戦態勢に入った彼女に攻撃を当てることはほぼ不可能だ。おまけに残存戦力を掻き集めて挑もうとも、ヨルネスが黒い雨を降らせれば私達はそれだけで拠点まで撤退せざるを得なくなる。

しかし、当然、こんなことは皆わかっているだろう。それでもこうして出てきたのは、現状を楽観視せず悲観的に捉えるのならば、そもそも私達は既に詰んでいるからだ。

生き残るために動くのならば、ヨルネスが倒せる相手であることを前提に考えるしかない。それもまた事実である。ラッダさんへと怒鳴った僧兵の言葉通り、裏目に出る可能性なんて皆とっくに承知している。

「しかし、こうして近くまで来て見ると……やはり、『ルミラの天使像』は本当に大きいな。これでは、私やミリアの攻撃ではまともに当たらんぞ」

メルティアさんが目を細めてヨルネスを見上げる。

ヨルネスはこちらのことなど気にも留めていない様子であった。接近しても視線を向けてくる様子はない。

「ご安心ください。へへ、俺達の弓だって、こんな角度じゃまともに当たりませんよ。シリウス様じゃないんですから」

ラッダさんがおどけたように口にする。

「またそのような、士気を下げる言葉を……」

すぐに他の僧兵から睨まれ、ラッダさんは頭を掻いていた。メルティアさんも彼へ白い目を向けている。

「すみません、場の空気があんまりに暗かったもので……。ただ、心配はいりませんよ、メルティアさん。俺達の役目は、単にヨルネス様の気を引くことです。正確に攻撃を当てることじゃない。俺は『念話』でヨルネス様に呼び掛けられます。各々、適当にやりましょう。こっちの部隊は、当てるのが目的じゃないんです」

「言い方はともかく……それは、確かにそうだな」

メルティアさんがラッダさんへと頷いた。

充分に天使像に接近したところで、ヨルネスへの陽動を始めることになった。

『聖女ヨルネス様！　何故、このようなことをなさるのですか！　私達には、貴女様のお考えがわかりません！　我々が何か、罪を犯したとでもいうのでしょうか！　ただ、一言だけでもいいのです！　何もわからぬままでは死んでも死に切れません！』

ラッダさんが、先に口にしていたように〖念話〗で呼び掛ける。だが、まるでこちらに反応を示さなかった。

同時に他の僧兵の放った矢が、ヨルネスの足許を通過していく。彼女の身体を掠めたものも数本あったが、それに対しても全くの無反応であった。

「〖ルナ・ルーチェン〗！」

メルティアさんが剣を掲げ、声を張り上げる。

陽の光を受けた刃が、十もの光弾を発する。

だが、光弾が届いたのは、天使像の下腹部までがせいぜいであった。当然、これにもヨルネスは反応を示さない。

「……も、元々、長距離を想定したスキルではないのだ」

「『念話』も矢も、駄目ですね。まるで関心を示しちゃくれません」

ラッダさんが、肩を竦める。

私の放つ魔法攻撃も、距離が開きすぎているため、狙いを外してヨルネスの横を通り過ぎていくだけだった。これにもヨルネスは見向きもしない。

こんな長距離の、それも高低差のある状態で魔法を撃つような真似は、これまで行ったことがなかったのだ。さすがの魔法攻撃も、ここまで距離が開いていれば、通常であれば難なく避けられてお終いである。

でも、高さは合っていた。私としては、左右よりも上下を合わせる方が難しいと踏んでいたのだ。ならばこれを少し、気持ち横へ修正し直して……。

「『ファイアスフィア』！」

私の放った『ファイアスフィア』が、どんどんとヨルネスの許まで伸びていき……彼女の右肩に当たった。

「や、やった……！」

しかし、炎はまるで燃え広がらず、すぐに消滅した。ヨルネス本体も全く反応しない。虫が横を飛んだだけでも、普通はもっと何かしら反応を見せるだろう。

「……俺の『気配感知』に、化け物共が接近して来るのが引っ掛かった。そろそろ不味いかもしれんぞ」

もう一人の僧兵が、苦々しげにそう口にした。

あれだけ無関心なら、シリウスさんの矢も受けてくれそうにも思えるのだが。

しかし、それも一度切りの好機だ。やれることは全てやっておくべきだろう。どうせ避けないだろう、で避けられれば堪ったものではない。もしここで気づかれてあっさりと避けられるようなことがあれば、今回の命懸けの作戦もほとんど無意味に等しい。

「むぅ……駄目ですね。何か、ヨルネス様の気を引ける言葉があったらいいのですが。何せ幾千年前の御方ですから……」

ラッダさんが弱ったように息を吐く。

「そういえば……あのヨルネス、動かないのは何かを待っているからじゃないかって、私、そう考えていたんです。そこに絡めれば、もしかしたら気が引けるかもしれません」

私の提案に、ラッダさんは手を打って口許を綻ばせた。

「なるほど、悪くない考えです。相手の目的を読んで、知ったかぶりして関心を引こうってわけですな」

ラッダさんはすぐに、空に浮かぶヨルネスへと目を向ける。

『ヨルネス様、貴女様の待ち人は、こちらに既に来ていらっしゃる！　挨拶くらい、なされたらいかがでしょうか！　聖都全体を巻き込んでまで、招きたかった相手なのでしょう！』

ヨルネスの身体がぴくりと動き、こちらを見下ろした。

そのとき、丁度私の放った『ウォーターボール』が、彼女の足許に当たった。水が弾け、彼女の衣が濡れる。

「よし、当たった……！」

どうせダメージにはならないからと、威力の弱い低位の魔法に切り替えたのが正解だった。ヨルネスの気を引くだけなら、炎よりも身体が濡れて纏わりつく水の方がいいかもしれないと思ったのだ。

ヨルネスが不快そうに目を細めた。

私は像の反対側付近に立つ、シリウスさん達の方へと目を向けた。彼は隠れていた瓦礫の中から立ち上がり、構えた矢の先でヨルネスの背を捉えていた。

シリウスさんの構えている矢が、眩い光を放っている。ヨルネスはこちらを見下ろしたまま、シリウスさんには全く気が付いていない様子であった。或いは、気が付いた上で注意を向けるだけの価値を感じていないのか。

シリウスさんの構えている真紅の矢は、宮殿内にあった過去の勇者ロビンの像を壊し、強引に外して持ってきたものである。像の矢だけは、彼の本物の遺品を用いていたそうだ。

この矢は勇者ロビンが自身の討伐した魔獣王アメミットの牙を研いで、直々に造ったものだそうだ。こんな真似は平時であれば死罪になると、シリウスさんはそう零していた。

ただの下見で使っていいアイテムだとは思えないが、それくらいしなければ下見にさえならなさそうなのが現実である。

『ヨルネス様よ、何故この時代に戻られたのです！　何故、我ら聖都の民に仇をなすのです！　何故、何も答えていただけないのです！』

　ラッダさんは懸命にヨルネスに対し、〖念話〗での呼びかけを続ける。ついにヨルネスの口が動いた、まさにその瞬間だった。

「〖ドラゴンショット〗！」

　魔力の爆ぜる音と同時に、シリウスさんの弓から矢が放たれた。矢は赤い光を纏い、小さなドラゴンとなってヨルネスの背へと一直線に吸い込まれていく。

　ヨルネスが、ゆっくりとシリウスさんへと振り返る。刹那のことだったが、彼女の目は、しっかりと矢を捉えている。ヨルネスはあの矢の動きを追えているのだ。避けられる、私は直感的にそう思った。

　だが、放たれた矢は、そのままヨルネスの胸部に突き刺さった。ヨルネスの肩が、微かに上下に揺らいだ。

「あ、浅いが、刺さった！　刺さっている！　見ろ！」

「避けられなかった！　攻撃を当てるのも、不可能じゃない！　地上に引き摺り下ろして罠に掛けて囲めば、どうにかなるかもしれない！」

　僧兵達が声を上げて喜び合う。

敵を倒すためには、まずはその強さの全貌を測らなければならない。それができなければ、戦いにさえならないだろう。

攻撃が少しでも通るかどうかは、大きな指標の一つになる。体表の厚い過去の魔王は、千の兵から矢を放たれても全くの無傷であったという。

シリウスさんの矢が刺さったということは、やり方と状況次第では数頼みで討伐し得る、ということだ。

「よ、よし！　ヨルネスに攻撃は当たる……ダメージも通るんだ！　それならばきっと、何か方法はあるはずだ！　ミリア、撤退するぞ！」

メルティアさんが大きな声で私へと言う。だが、私は、空に浮かんでいるヨルネスへと釘付けになっていた。

「あの人、何かやって……」

ヨルネスはシリウスさん達を睨んだまま、矢の尾を摑《つか》み、ぐりぐりと自身の胸部深くへと突き刺していた。

その行為自体も不可解なものであったのだが、その抉られた肉体からは、一切の血が流れ出ていなかった。そもそも彼女は、本当に人間なのだろうか。

ヨルネスが、逃げるシリウスさん達へと指先を向けた。何か、するつもりだ。

「散って逃げてください！　狙われています！」

私は声を張り上げて叫んだ。

「〖エンパス〗」

ヨルネスの指先が、微かに光った。次の瞬間、シリウスさんの隊の五人が、一斉に身体から血を噴き出してその場に倒れた。

「え……う、嘘……」

一目で致死量と分かる血液量だった。本当にただの一瞬だった。避ける、避けないの次元を超えている。彼女が指を向ければ、それだけであちらの五人が即死したのだ。

ヨルネスはそれから退屈そうに、自身の胸元に突き刺さっていたロビンの矢を引き抜き、下へと放り投げた。

「し、死角だ！　死角に逃げ込め！　睨まれたら血を噴き出して死ぬことになる！」

「シリウス様の死体は回収しないと……！　もしも三度目の〖ニルヴァーナ〗が来たときに恐ろしいことになります……！」

「そんな悠長なことをしていたら、俺達は今ここで終わりだ！」

こちらの隊の僧兵達が、悲鳴を上げながら瓦礫へと散り散りに隠れる。私はその場に立ち尽くしたまま、シリウスさん達の亡骸を眺めていた。

「何をしているミリア！　早く何か、ヨルネスの死角に隠れろ！　殺されるぞ！　やはり、あんな化け物を相手取るのは無理だ！　何十人で挑もうが、ヨルネスがその気になれば、全員一瞬で殺されて終わりだ！」

「シリウスさん達……全員、胸に穴が開いてる……」

ヨルネスに矢が突き刺さった位置と、全く同じ位置だ。

「そんなことより、今は逃げるぞ！　私達まで壊滅しては、宮殿の拠点もお終いだ！」

メルティアさんが叫ぶ。

ただ、ヨルネスは既に、こちらに関心を向けてはいない様子だった。

今ので、ヨルネスの目的が具体的に見えてきた。やはりヨルネスは、何かを……或いは、誰かを待っているのだ。

ラッダさんの『念話』に反応したのもそう。シリウスさんからの攻撃に対しても、あくまで同じ攻撃をやり返す、という対応を取った。

ヨルネスは聖都リドムを支配していながらも、全く直接的な攻撃や破壊活動を行わない。時間を掛けて、ゆっくりとこの都市を滅ぼしたいのだ。その可能性は元々考えていたが、今回の件でそれが確信に変わった。

やはりヨルネスの討伐は不可能だ。戦闘能力が違い過ぎる。

彼女の目的に則《のっと》って、少しでも聖都リドムの壊滅を遅らせられるように抵抗するしかない。いずれ来る、ヨルネスの待つ何か、を信じて。

「……隠れてヨルネスが落ち着くのを待つより、急いで戻りましょう、メルティアさん。それに、他の方も言っていましたが、やっぱりシリウスさん達の亡骸も、せめて埋葬してあげましょう。彼らの亡骸が化け物になれば、きっと私達ではもう対応できません」

私はシリウスさん達の亡骸へと目を向けた。

騒動を終わらせる戦いではなく、少しでも長く耐える戦いに切り替えるしかない。その場合、シリウスさん達の亡骸を放置しておくわけには絶対にいかない。

死者を媒介にして生まれる化け物の強さは、生前のレベルに由来する。シリウスさんのレベルは、私やメルティアさんよりもずっと高かったはずだ。

「ヨルネスは、ヨルネスのルールで動いている。彼女の周囲を動き回るのは嫌ですが……こちらから仕掛けなければ、直接的な反撃には出てこないはずです」

「ミリア、しかし……」

そのとき、遠くから大きな音が聞こえてきた。

廃墟の屋根に、全長四メートルはある、巨大な化け物が立っていた。両手が異様に大きく、頭部と腹部に、一つずつ顔を持つ。

その特徴には、覚えがあった。北区の大教会を滅ぼした、二度目の『ニルヴァーナ』で誕生したらしいと推測されている化け物だ。

目線の先に私達を捉えている。

「……これ以上、外に留まっていれば化け物共が来るはずだと言いたかったのだが、遅かったようだな」

　メルティアさんが声を震わせてそう口にした。

6

　胸部に二つ目の顔を有する巨大な化け物が、屋根から飛び降りた。ただそれだけの動きで地響きが鳴り、土煙が舞った。

　これまで倒してきた化け物とは、あまりに規模が違い過ぎる。

　二つの顔のそれぞれの目がぐるりと動いた後、それらの全てが私達を捉えた。化け物は地面を蹴ると、勢いよく私達の方へと駆けてきた。

　土煙が列をなして上がり、地響きが連続的に響く。恐ろしい速度だった。とてもじゃないけれど、走って逃げられるような相手じゃない。

「あ、あの化け物は、北区の大教会を滅ぼした奴だ！　明らかに、我々を標的にしている！　倒すしかない！」

　メルティアさんが叫んで剣を構える。こうなった以上、動かないヨルネスよりも、向かってくる化け物の方が遥かに脅威だった。

　ラッダさんが腕を伸ばして指に角度を付け、化け物へと向ける。

「……魔物の速さから危険度を測るメーベル法では、推定危険度はB級以上ですね。アメミットの牙を用いた矢は、奴に使うべきだったかもしれませんな。シリウス様の『ドラゴンショット』で上手く頭部を撃ち抜いていれば、近づかれる前に一撃で倒せたでしょうに」

メーベル法は聞いたことがある。接近してくる魔物の視覚的な大きさの変化を指で確かめ、心中でカウントした秒数から相手の速さを割り出し、ステータスを概算してそこからランクを推測する方法である。

正確な秒数を数える技術、周囲のものと比較して魔物の元々の大きさを正確に割り出す技術、窮地を前に冷静にそれらを駆使して素早く数値を算出することが求められる。

難易度が高く、使用できる場面も限定的であるため、有名ではあるが実際使っている人を見たのは初めてだ。

「B級以上……」

私はラッダさんの言葉を反芻する。

危険度B級は、一般的に災害と称される危険度の魔物だ。B級の魔物単体で一つの村が壊滅に追い込まれる。

大きな都市であっても、対応を誤れば充分滅ぼされかねない。私がこの危険度の魔物を見たのは、イルシアさんか、王城で見た偽王女の側近だった三騎士のサーマルくらいだ。

「接近されたら終わりだ！　とにかくこの距離で攻撃するぞ！」

メルティアさんがそう叫んだ。

僧兵達が一斉に矢を放つ。だが、矢が当たってもせいぜい体表に掠り傷がつく程度で、まともに刺さっていない。この距離で、この危険度の魔物を相手に、スキルの裏打ちもない弓矢ではこれが限界だ。

私の魔法でどうにかするしかない。化け物の腹部に杖の照準を合わせた。

「『ファイアスフィア』！」

真っ直ぐに飛んで行った火の球は、化け物の腹部にある二つ目の顔へと当たった。だが、表面が微かに焦げたものの、化け物は一切動じずそのまま直進してくる。

「う、嘘……！」

私の魔法攻撃で駄目だったなら、今の戦力では、遠距離であの化け物に有効打を与えることはできない。

「ミリア、下がって白魔法に徹しろ！　私達でどうにか倒す！」

私の前に並ぶように、メルティアさんと僧兵の三人が立った。

あっという間に距離を詰めてきた二つの顔を持つ化け物が、大きく飛び跳ねて私達の前方へと躍り出てきた。

土煙を巻き起こして前衛四人の行動を牽制した直後、巨大な腕の一撃が、僧兵二人を容易《たやす》く薙ぎ払った。二人の身体が宙を舞い、地面に叩きつけられる。

「〘ルナ・ルーチェン〙！」

メルティアさんは化け物の死角側へと走りながら、刃から放った無数の光弾で攻撃する。しかし、全く化け物には効いていない。防ぐような姿勢さえ見せなかった。

「〘クレイ〙！」

私は土煙に乗じて、土を操って化け物の左足を固めることに成功した。これでさすがに、かなり戦い難くなるはずだ。

化け物は即座に、左足で激しく地面を踏み鳴らした。地面に罅が走り、〘クレイ〙の足枷が砕け散った。死角側から斬り込もうとしたメルティアさんを、伸ばした腕で軽々と突き飛ばす。

「ぐはっ！」

こちらの万全の布陣が崩れるのに、五秒も掛からなかった。

硬い身体に剛力、そして何より圧倒的な巨体によるリーチ。まともに接近戦を仕掛けて、たかだか五人で勝てる相手ではなかったのだ。シリウスさん達の隊が生きていて、アメミットの牙があって、それでようやく五分五分だっただろう。

戦闘の音を聞き付けてか、遠くから他の化け物が三体ほど、別々の方向からこちらへと向かってくるのが見えた。

通常の個体なので普段であれば対応できる範囲だが、今重傷を負っていないのは、私を含めて二人だけだ。唯一立っている僧兵も、既に戦意を喪失したらしく、槍を持つ手をだらりと垂らしていた。

化け物が、私の目前に立つ。

「ファイアスフィ……！」

魔法を発動する前に、巨大な手で身体を掴み、軽々と持ち上げられた。

つるりとした陶器のようで、不気味な感触だった。杖で殴りつけてみたが、とてもじゃないが振り解ける相手だとは思えなかった。膂力《りょりょく》に差があり過ぎる。

「ミッ、ミリアッ！」

メルティアさんが悲鳴のような声を上げる。

このまま握り潰されて殺される。私がそう確信したとき、化け物の全身が大きくくの字に折れ曲がり、その巨体が宙へと浮いた。

私は一瞬遅れて、化け物の腹部に斬撃《ざんげき》のようなものが走ったのだと気が付いた。

続いて、化け物へと縦の斬撃が走る。あれほど頑強だった化け物の身体が砕け、左右に裂けて地面へと倒れ込んだ。私は巻き込まれ、地面へと投げ出された。

「きっ、きゃあっ！」

私は地面を少し転がってから、必死に顔を上げて化け物の状態を確認した。化け物の身体には十字に傷が走り、ぴくりとも動かなくなっていた。

「Ｂ、Ｂ級以上の魔物が、一瞬で……」

何が起きたのかわからない。地面に倒れたまま周囲に目を走らせるが、斬撃を放ったらしい人物の姿は見当たらなかった。

ただ、先程の攻撃の余波で、地面に大きな亀裂が走っていることに気が付いた。これほどの威力だったならば、あの化け物の身体が容易く砕かれたことにも納得がいく。

とても信じられない威力であった。B級相応の魔物を、こんな容易く、地面ごと引き裂いて瞬殺してしまうなど。

私が呆然と化け物の亡骸を眺めていると、周囲から三つの轟音が響いた。

こちらへ向かってきていた三体の通常個体の化け物の身体が、同時に先程の斬撃のような攻撃で爆ぜたのである。

化け物の残骸が、周囲に無惨に散らばっている。

全て同じ人物の仕業だとすれば、あまりに攻撃可能範囲が広すぎる。

私達は皆、目前の光景が信じられず、ただ地面に倒れて、呆けたように周囲を眺めていることしかできなかった。

「ミ、ミリア、大聖堂だ！」

メルティアさんの声に、私は起き上がりながら大聖堂の方へと向いた。

巨大な建物の屋根の上に、大きな赤黒いドラゴンが立っていた。

頭部には悪魔のような巻き角がついており、青白い、長い鬣が靡いている。長い牙に、巨大な尾。

そして毒々しい輝きを帯びた、明らかに武器として特化された鉤爪。それは私がこれまで見てきた魔物の中で、一番悍《おぞ》ましい姿をしていた。

　鋭い双眸が私達を捉えている。

「信じられん……しかし、間違いない」

　血塗れのラッダさんが、目を大きく見開いてドラゴンを見上げていた。その顔は恐怖に染まっていた。

「し、知っているんですか？」

　私が訊けば、ラッダさんは頷いた。

「幼き日より、書物や絵画で何度も目にしてきましたよ。聖神教の預言書に記されている、世界の終わりを告げるドラゴン……アポカリプス。でも、まさか、本当に実在しただなんて……。どうなっているんだ？　ヨルネス様が現れて聖都を破壊したかと思えば、アポカリプスが現れるなんて……！　もう、滅茶苦茶です！　聖都だけじゃない！　この世界はもうお終いだ！」

　アポカリプスと目が合った。

　怖かったけれど……なぜかそれ以上に、懐かしい気持ちになった。不気味で恐ろしい眼光の奥に、温かい、穏やかなものを感じた。

　覚えのある視線だった。リトルロックドラゴン騒動の際に、村への帰路を急ぐ私を背に乗せてくれた、あのドラゴンと同じ眼差しだった。

「もしかして、イルシアさん……なの？」

高位のドラゴンなんて、そう何体も存在するものではない。それにあのドラゴンが本当にイルシアさんだとしたら、聖女リリクシーラが嘘の情報を広めて彼の討伐へと出向いた理由にも納得がいく。

リリクシーラは、イルシアさんが聖神教の恐れるアポカリプスへと進化することを予見していたのかもしれない。

第2話　ヨルネスの啓示石

1

神の声に閉じ込められた異界……ンガイの森。その中で探索を続け、前代の勇者であるミーアとの邂逅《かいこう》を果たし、そして彼女を死闘の末に倒して五つ目の神聖スキルを受け取った俺は、元の世界へと繋がっていると推測している天穿つ塔の螺旋階段を〘転がる〙で駆け上がっていた。

そうして上り続け……半日が経っていた。

長い、いくらなんでも長すぎる。何だこの階段の長さは、嫌がらせか？

アポカリプスは、神の声の〘スピリット・サーヴァント〙を除けば世界最速の魔物のはずだ。何せ【素早さ：5716】だぞ。

これがどれだけの数値なのかは、俺が今まで見てきた中で最速だったミーアが三千程度だったことを思えば、どれだけ桁外れなのかがわかるはずだ。

それに〘転がる〙のスキルは、歩いたり飛んだりするよりよっぽど速いはずだ。だというのに、一向に螺旋階段の終わりが見えない。

せっかくンガイの森を大急ぎで抜けて来たのに、こんなところでクソみたいな足止めをくらうなんて……！

表世界がどうなってんのかわからねぇ状態で、この無限階段は精神的にキツイ。

本当にこの階段を上っていっていいのだろうか？　実はこれ、不思議な魔法の力で永遠にループしていたりして、何かしらの仕掛けを突破しねえと解除されない類のものだったりするんじゃなかろうか？

い、いや、天穿つ塔は桁外れな高さを誇っていた。何せ、外から見ても頂上が見えなかったくらいだ。

仮に表世界とンガイの森を物理的な距離で繋いでいる馬鹿みてぇな長さの塔だとすれば、アポカリプスでも時間を掛ける以外に突破方法がないのは仕方ないことだろう。

余計なことは考えずに今は上り続けるしかねえ。迷うな、迷ったら上る気力がなくなる。

ただ、さすがに半日『転がる』は、俺もちょっと疲れてきた。

そして何より……。

『主殿……助けてくだされ……。これ以上は正気を保てそうにありませぬ……』

……トレントがグロッキーになっていた。

まあ、当たり前だ。半日暗闇の中で、超高速で回転させられ続けているのだ。言っちゃ悪いが、俺は『転がる』側でよかったと思っちまう。

『……トレント悪い、もうちょっと耐えてくれ』

「そんなにしんどい？　私は逆に慣れてきたけど……」

アロは平然としているらしい。ワルプルギスの三半規管は無敵なのかもしれない。

『……これを味わっているのは私だけですか』

トレントが悲しげに呟く。

「あ、頭、撫でてあげるね、トレントさん」

『お願いしますぞ……』

き、緊張感がねえな……。

これから世界の命運を懸けた一大勝負なんだが。二人のやり取りに意識を向けて苦笑していると、全身に強い衝撃を受けた。

「ングォオオオオオオオオッ!?」

『へぶっ！』

「竜神さまぁっ!?」

何かに激突したらしい。俺は口を必死に閉じながら、体勢を崩し、派手に床へひっくり返ることになった。

つ、つつつ……！

延々同じ光景が続いていたので油断しちまっていた。ちょうど今、螺旋階段が終わったところだったらしい。

背後へ目をやる。

大きな金属の扉があった。砕けた鎖と錠前が床に転がっている。どうやらあれを【転がる】の勢いで突き破っちまったらしい。

……壊してよかったんだよな？

『大丈夫か、アロ、トレント？』

俺は口を開き、二人を外へと出す。

『主殿達のためなら、このくらい何ともありませんぞ……！』

トレントが床を這いながらそう口にした。トレントの這った跡に、俺の涎《よだれ》の筋ができていた。

『お、おう……ありがとうな』

アロは軽やかに出てきた後、一瞬黒い塊になったかと思えば、次の瞬間には唾液が綺麗さっぱりなくなっていた。

……ワルプルギスって本当に便利なんだな。

しかし、外に出られたはいいんだが、ここはどこだ……？　どうにもまだ、巨大な建物の中にいるらしい。

日光は差していないが、壁にはカンテラのようなものが掛かっており内部は明るい。光る石がカンテラの中には入っていた。

壁一面には壁画のようなものが彫られており、大きな石板があった。

……なんとなく、エルディアやアダムのいた巨大樹島の遺跡に似ている。

壁画には、奇抜な外観の巨大な建造物がいくつも並んでいる。球体だったり、三角錐だったりを強引に縦に並べ、窓のようなものが大量に付いている。一つや二つならいざ知らず、そんな建造物が何十、何百と連なっているのだ。

『主殿……この壁画は、いったい？』

トレントが顔を近づけ、首を傾げる。

『俺にもさっぱりわかんねぇな……』

元の世界でこんな珍妙な建物がなかったのはわかりきっているが、こっちの世界でも見たことがねえ。

俺がこの世界で見た都会は、せいぜいアーデジア王国の王都アルバンくらいだ。だが、どの建造物も俺の常識の範囲内だった。いったいどこにこんな街があるというのか。

デフォルメされたような絵なのでよくわからないが、屋根にアンテナのようなものがついているものまである。

この都市が本当に実在するならば、俺の元いた世界よりも遥かに技術が進んでいる。今になって、なんでこんなもんが突然出てくるのか。

明らかにこれまで俺が見てきたこの世界と違い過ぎる。こんな都市を造れるとしたら、神の声の奴くらいなんじゃなかろうか。

ンガイの森や天穿つ塔を用意したのがそもそも奴なら、この都市を造ることだってできるのかもしれねぇ。

……問題は、それが何を意味してるのかっつうことだが。

そもそもここがどこだかわからねぇし、この壁画がどういう立ち位置のものなのかもわからねぇんだ。神の声に関係するものだというより、もしかしたら単なるこの世界の神話や伝承のようなものなのかもしれない。

部屋の隅々へと目をやる。奥に階段が見えた。アポカリプスの俺には小さすぎるが、人化すれば充分通ることができそうだ。更に上に行けば、外に出られるかもしれねぇ。

「竜神さま……天井のあれって、ウムカヒメさんやミーアさんの話していた、化け物じゃ……」

アロの声に、顔を上げる。

天井一面に、巨大な目玉のような化け物が彫られていた。こちらもデフォルメされた壁画ではあるが、これを彫った人間の、この化け物に対する畏怖が強く伝わってきた。

邪神フォーレン……。神の声が復活させようとしている化け物。壁画の都市と比べてこれだと、今の俺より数百倍以上は大きそうだ。

都市の壁画の上にこれがあるってことは、この絵は、過去の滅んだ文明なんだろうか。

2

何が何なのかさっぱりだ。前文明の都市らしき壁画を見ても、天井のフォーレンを見ても、今までの情報と全く繋がらねえ。

ここからわかったのは、フォーレンに滅ぼされた前世界が思いの外発展した世界だったらしいってことくらいだ。

『主殿、ひとまずこの石板を確認されてみては？』

『そ、そうだな』

トレントの提案で、俺は頭を下げ、石板へと目を向けた。どうやら壁画と石板では年代が違うように思う。石板の方が後に造られたものなのではなかろうか。

とにかく石板が読めれば新しい情報が得られるかもしれない。場合によってはここがどこなのかもわかるはずだ。

石板には、大量の文字が羅列されていた。俺にはさっぱりだった。

……どうにもスキルの『グリシャ言語』は、文字にはあまり対応していない節がある。歪《いびつ》な扱いになってやがるぜ。せっかくなら両方賄ってくれ。

『……アロ、読めるか？』

「わ、私……えっと、た、多少なら！　頑張ってみます！」

アロは石板に顔を近づけ、懸命に読み解こうとし始めた。ただ、明らかに難航しているようであった。

……アロも元々、もっと小さい女の子だったのだ。こっちの世界じゃ俺の元いた場所より識字率がいいとは思えないし、リトヴェアル族自体がその辺り疎《うと》そうな節があった。

『アロ、駄目そうなら諦めるか』

「が、頑張ったらいけそうなんです！　ただその……ちょっとこの文字自体が、私の知っているものとは違うみたいでして……。大昔のもののようなので、もしかしたら細かい点が変わっているのかなと……」

む、むう、厳しいか。俺はアロと共に石板へと顔を近づけては、どうにも読めそうにないと首を捻っていた。

「飛ばし飛ばしで文意を拾うくらいであれば、私でもできそうなのですが」

『ちょっとそれでやってみてもらっていいか？』

「は、はい！　えっと……リヨスの違うかな。リビアスの……じゃなさそうで……。で、でも、固有名詞みたいだからとりあえず流してもいいかな？　リビアスの石による警告……」

『ヨルネスの啓示石、ですな』

すぐ下から〖念話〗が響く。俺とアロは、同時にトレントを見た。

『主殿……私でよければ、読み上げさせていただきましょう』

トレントは照れたように口許を翼で隠し、こほんと咳払いを一つ。

『トレント、読めんのか!?』

「うっ、嘘!　なんでトレントさんが!?」

『私もあまり文字を目にしたことがなかったので気が付かなかったのですが……グリシャ文字でさえあれば、いつの時代のものでも何となくわかってしまうようです』

トレントが胸を張って口にする。

『な、なんでトレントだけ!?　別にそんなスキル持って……』

ふと俺は、かつてトレントが口にした木の実のことを思い出した。

【〖知恵の実：価値L（伝説）〗】
【原初の人類へと知恵を与えた、神の作った果実。】
【原初の人類に言葉を与え、文明を与え、魔法を与え、技術を与え、そして戦争を齎した。】
【その時の言語や力は口で伝えられ、血で伝えられ、未だに人々に根付いている。】
【役目を終えた知恵の実の木は、天使達によって焼き払われた。】
【今では人々の寄り付かぬ最果ての地に、ただ一本を残すのみである。】

そう、最西の巨大樹島……通称アダム島にあった、謎の木の実。トレントはアレを口にして〖知恵の実を喰らう者〗の称号スキルを得ていた。

『……そ、そうか、持ってたか』

「トレントさん……凄いけど、私、トレントさんに言語能力で負けてたんだ……」

アロが少しショックを受けたようにそう零す。元人間の黙示録の竜と、最高位アンデッドの魔女が、木のお化けに識字力で完敗した瞬間であった。

「あ……でも、お揃いですね、竜神さまっ！」

『お、おう……そうだな……』

アロはちょっと嬉しそうな様子であったが、そうだな、としか返しようがない。

しかし……ヨルネスの啓示石、か。ヨルネスは過去の聖女だ。確かミーアを模した魔物であるクレイブレイブが装備していた鎧に、彼女の名前があったはずだ。


【〖悪装アンラマンユ：価値L〗】

【〖防御力：＋255〗】

【かつて歴代最強の聖女〖ヨルネス〗が災厄の竜を従え、その炎を以て造り上げた鎧。】

【本来ならば聖なる光を帯びた鎧ができあがるはずであったが、鎧に彼女の黒い心が反映された結果、強烈な呪気を帯びてしまったという。】

【〖ヨルネス〗の祈りの力により、常時魔法反射障壁を展開しているが如くの凶悪な対魔法性能を誇る。】

【だが、身に着けたものは鎧の呪気に心を喰われ、廃人になるとされている。】

【これまでに歴代の勇者四人が魔王を討つべくこの鎧に手を出し、例外なく悲惨な末路を遂げたた

め、ある王城の地下迷宮に長く隠されていた。】

……あの説明文から考えるに、ちょっとヨルネスは信頼できないんだが、大丈夫なんだろうか？
ま、まあ、当時どんな状況で、どういう意図で造ったものかわからない以上、とやかく言ってもしかたがないが。

『では、読み上げてみますぞ、主殿、アロ殿』

『ああ、頼んだぞ、トレント』

それからトレントによるヨルネスの啓示石の読み上げが始まった。

『私は聖女ヨルネス。かつてここには大きな遺跡があったが、この壁画と地下へと続く螺旋階段を保全、また秘匿するべきと考え、ここに聖神教の大聖堂を建造した。私は自己を、最もこの世界の神秘に触れた者だと信じている……』

トレントの言葉に、俺は息を呑んだ。

やはりここは既に元の世界のようだ。恐らくはリリクシーラのリーアルム聖国……そして、その大聖堂の地下なのだ。

『未来の聖女、そして救世主のために、ここに私が知ったことを、聖神の怒りに触れない範囲で記しておく。聖神……神の声のことと、それから神の声の故郷にして、邪神フォーレンに滅ぼされる前の旧世界……理想郷イデアのことを』

かっ、神の声の故郷!?

いや、改めて言葉にされるとインパクトはあるが、過去に邪神フォーレンの滅ぼした文明があったのはわかっていたことだ。邪神フォーレンに滅ぼされる前に何かしらの文明があって、神の声もそこと何かしらの関係があるんだろうということは、俺も薄っすらと考えていた。

しかし、理想郷イデア……か。……まず間違いなく、アレのことなんだろうが。

俺は周囲の壁画へと目をやった。

一目でわかる、未知の超文明。

今のこの世界にも、俺の元いた世界にも、あんな場所はなかった。ただ、ざっと見てわかることがある。

アンテナのようなものや、何かの装置のようなものが目につく。それでいて、俺の地球の常識が全く当て嵌まらない造形をしている。

恐らくアレは……魔法のある世界で際限なく発展した、科学の到達点の世界なのだ。

続けてトレントが石板を読み上げる。

『神の声は邪神フォーレンを封じた六大賢者の一人であり、理想郷イデアの出身である』

旧世界……理想郷イデア。どんな奴にも親はいるとはいったもんだが、神の声の故郷と聞くと違和感しかかねえ。ただ、世界一つ丸ごと造って支配できるところを見るに、本当にとんでもねぇ技術を持っていたらしい。

『理想郷イデアはこの世界の住人では理解の及ばない技術が発展しており、世界を交わらない別空間として分割できたという。六大賢者は分けられた世界の代表であり、恐らく理想郷イデアはこの六界を包括した総称である』

六界……神聖スキルの説明文にあった世界のことだろう。

【神聖スキル『人間道』】
【人の世界を支配する権限を得る。本来の力は失われているが、進化先に大きな影響を与える。】

ようやく何となくだが、邪神フォーレンと旧世界のことが見えてきた。

ただ……どうにも気になることがある。俺がどっから紛れ込んで来たのかってことだ。

理想郷イデアに六界。

この話の中に、俺の前世の地球の絡む余地は全くないように思える。何かしら関係があるんじゃねぇかと思っていたが……。

ただ、明確に妙なことがある。神の声は俺の記憶する前世の世界や、その記憶が混在した理由を知っているようだった。おまけに奴は、俺を同郷だと呼んでいた。

言葉の綾のようなものなのか……俺を騙すためのでっち上げだったのかはわからねぇが。疑ってたらキリがないが、これを記したヨルネスだってどこまで信用していいのかわからねぇ。

『神の声の目的は、邪神フォーレン復活によるこの世界の崩壊。そして理想郷イデアの復活にある。邪神フォーレンを封印する際、理想郷イデアを媒体としたそうだ。神の声にとっては邪神フォーレンの復活は副次的なものであり、その真意は理想郷イデアの再誕にある』

要するに、邪神フォーレンを理想郷イデアごと封じ込めたってことか……？

確かに壁画を見るに、とんでもなく巨大な化け物だったようだ。それくらいする必要があったのかもしれない。

『神の声の恋焦がれる地、理想郷イデア。神の声の目的がここにある以上、奴の弱点となり得る可能性がある。仮に理想郷イデアの再誕が不可能となれば、奴は世界を破滅に追い込んで邪神フォーレンを復活させる動機もなくなる』

……今までで、一番大きな情報かもしれねぇ。

力と情報に差があり過ぎて、今までは戦闘も交渉も現実的ではなかった。ただ、もし俺がこの先に新たな神聖スキルを得て、理想郷イデアの再誕を封じることができれば、神の声の計画を頓挫させることができる。これはもしかしたら大きな武器となり得るかもしれねぇ。

『現在は私が聖堂を築いてはいるが、かつてはここは古き神殿跡であった。ここにある壁画は理想郷イデアをモデルにしており、六大賢者の子孫が彫ったものだとされている』

六大賢者の子孫は、あちこちに遺跡みてぇなのを遺してるんだな。最西の巨大樹島のエルディアの居城も六大賢者の子孫のものだったはずだ。

ミーアもヨルネス同様に神の声に関する情報を石板に記していた。もっと世界の各地や重要な場所を探索していれば、六大賢者の子孫や、過去の神聖スキル持ちの遺してくれた手掛かりを得ることができていたんだろうか。

『この先の螺旋階段の遥か下には、神の声の箱庭が存在する。奴は神聖スキルを悪用して造った魔物達から自我を奪い、別の時代で活用するために保管しているのだ。もしレベル上げや特別なアイテムが必要となれば、ここへ侵入する必要に駆られるかもしれない。ただし、ここへ立ち入るには最低でも伝説級の魔物を討伐できる実力が必要となる。後世の聖女に必ず伝えよ』

　こっちはむしろ入口扱いだったのか？

　いや、この世界にしろンガイの森にしろ、何千年、何万年続いているのかわかったもんじゃねぇんだ。

　その時代その時代に神の声が都合のいい方に使っているのだろう。この場所だって、神の声が不都合と感じれば潰す手段はいくらでもあったはずだ。

『私は知略と戦闘の才に長ける。この世界に流れた夥《おびただ》しい年月の中でも名が霞まぬ程の傑物であると自覚している。いずれ私は人格を奪われ、神の声の人形にされることだろう。これを読んだ未来の英雄が私を打ち倒し、この世界を解放してくれることを祈っている……』

　トレントはそこまで読み上げると、俺を振り返った。

『……以上ですぞ、主殿。参考になりそうですかな？』

『ああ、ヨルネスはとんでもねぇ悪人だったんじゃねぇかって疑ってたけど、奴のことは信じていいんじゃねぇかって思う』

　呪いの鎧のせいでどうにもいい印象はなかったのだが、ヨルネスの啓示石を見るに、彼女もまた神の声を出し抜こうと懸命にもがいていたようだ。

……ざっくりとした実績だけを見て、いい奴だったのかどうかの判断なんてできるわけがねぇよな。俺だって百年後には、勇者と聖女を殺したとんでもない邪竜がいたらしいって伝わっているのかもしれねぇ。

俺はふと、思い出していたことがあった。

初めてリリクシーラに会ったときに、彼女が口にしていたこと。リリクシーラは、リーアルム聖国の地下に、このような場所があることを示唆していた。

『我が国の地下聖堂の最奥部にて、聖神様の重大な秘密が示されております。アーデジアの偽王女の問題が片付きましたら、一度お招きいたしましょう。貴方には、知る権利があります。元より、見返りの一つが、地下聖堂への招待のつもりでした。貴方が今まで思い悩んでいた答えの多くが、そこにあるはずです』

『……そうできる場合もあった、というだけです。あのとき私は、既に貴方を裏切る方を主流に考えていました』

……どうやらこの地下聖堂を見るに、リリクシーラは本当に、俺と手を組んで神の声の鼻を明かす計画を立てていたのだろう。

ただ、仮にリリクシーラがどんなことを考えていても、神の声が少し介入すればそれでお終いである。圧倒的に力で劣るリリクシーラは、結局神の声の造った世界の流れに抵抗することができなかった。

『お前の仇も……絶対、取ってやるからな。リリクシーラ』

俺がそう呟いたとき、外から大きな音が聞こえてきた。建物が一つ崩れたかのような轟音だ。

ここは恐らく、リーアルム聖国の聖堂であるはずだが……。もしかすれば、神の声が解き放った【スピリット・サーヴァント】の襲撃を受けているのかもしれない。

一刻も早く、外へ向かった方がよさそうだ。

3

聖女ヨルネスの言葉が正しければ、ここはリーアルム聖国内にある聖堂のはずだ。【気配感知】で探ったが、どうやら建物内に人はいないようだった。

俺はただでさえ邪竜の上に、アポカリプスは聖神教が人類の敵として定めている魔物である。そのまま出ていくのはさすがにまずい。

【人化の術】で人の姿を取り、アロ、トレントと共に、周囲の様子を探るために窓を割って壁を跳び、聖堂の屋根の上へと移動した。

「なんだよ、ここ……」

屋根の上から見た景色は、地獄が広がっていた。破壊され尽くした街に、人間に似た形の悍ましい化け物が闊歩していた。

　化け物はまるで悪夢か、前衛芸術の絵画から抜け出してきたかのような外見をしている。手足も目鼻の数も個体によって違うのだが、体表が硝子のようにつるりとしている、という共通点を有していた。

〖リーナ・リベルト〗
種族：アークエンジェル
状態：呪い
Ｌｖ　：25/30
ＨＰ　：112/112
ＭＰ　：153/153

　アークエンジェル……あのグロテスクな化け物が天使だってのか？　冗談にしても悪趣味すぎる。

「竜神さま……ここって、四大魔境とかではないんですよね？」

　アロが恐る恐ると俺へ尋ねる。

「……リーアルム聖国内のはずだが」

ヨルネスの啓示石が正しいのであれば、俺が立っている場所はリーアルム聖国の聖堂だったはずだ。信じたくないことではあるが、ここはリーアルム聖国の都市であるはずだ。

『リリクシーラは律儀に頑張ってくれたことだし、今となっては意味のないことだけれど、約束は果たされなければならない。ボクは心とか、結構そういうのを重視する方なんだ。彼女の覚悟を安っぽくするわけにはいかないからね。リリクシーラとボクはさ、約束をしていたんだ。彼女が神聖スキルの争奪戦に敗れた際には、リーアルム聖国にボクの『スピリット・サーヴァント』を嗾《けしか》けて滅ぼすってね』

神の声は、リリクシーラとの約束に従って聖都に『スピリット・サーヴァント』を嗾けると口にしていた。恐らく、その結果がこれなのだろう。

崩れた建物や人の亡骸も散見された。遠くを見れば、巨大な青白い光の壁がこの廃都を包んでいるようだった。

あの光の壁の感じ……恐らくは何かしらのスキルだ。都市をぶっ壊して、化け物をばら撒いて、おまけに結界のようなもので包み込んで逃げられなくしているのだ。

神の声が『スピリット・サーヴァント』をばら撒いたのは、俺に危機感を抱かせて、急かすのが目的である。だとすれば、何もここまで無慈悲に都市を荒らす必要はなかったはずだ。

いや……それだけじゃねぇ。

【『アークエンジェル』：Dランクモンスター】

【特殊なスキルによって人間が天使へと転生した姿。階級は下から二番目に当たる。】
【主の使命を果たすためのみに活動し、主の下僕を増やすために人間へと襲い掛かる。】
【また、生前の記憶が仄かに残っており、主に仕える悦びを分かち合うため、元の知人を狙う傾向にある。】

化け物の説明文を見たとき、一気に怒りが込み上げてきた。

妙だとは思ったのだ。先の魔物は、人間のような名前を有していた。

「ここまでやりやがるのかよ、あのクソ神はよぉっ！」

怒りで腸が煮えくり返りそうな思いだった。

神の声の奴の性根が腐っているのは、リリクシーラが散々利用されて捨てられたことからも、知っているつもりではあった。ミーアに至っては、世界の平穏と故郷を天秤に掛けさせられて自分の手で故郷を滅ぼすように仕向けられた挙げ句、結局魔王として戦争の引き金となるように誘導されたのだ。

だが、目前で惨劇が起きて、初めて奴の本当の恐ろしさがわかった。こんなことを躊躇《ためら》いなくできる奴が、この世界にいていいわけがない。

そして神の声の悪意は今、この聖都にだけ向いているわけではないはずだ。今こうしている間にも、俺がこれまで訪れた別の地が、他の『スピリット・サーヴァント』によって荒らされているかもしれねぇ。

アトラナートやヴォルク、黒蜥蜴《くろとかげ》やマギアタイト爺も無事かどうかはわからない。何せ、四体の『スピリット・サーヴァント』が現れたところに取り残されていたのだ。

「ここまで酷いことになっているなんて……。森にいるお父さんと、お母さんは……」

アロが弱々しくそう零す。

俺が目を向けると、彼女はきゅっと口を結び、表情を繕う。俺を不安にさせるような言葉は避けようと気遣ったのだろう。

……神の声は、俺にゆかりのある地を狙うようなことを示唆していた。アロの故郷であるリトヴェアル族の集落が狙われる可能性は充分にある。

ンガイの森でも、急いで外に行かなきゃならねぇ状況だというのはわかっていた。少なくともわかっていたつもりだった。

だが、それでもまだ、認識が甘かったのかもしれねぇ。もっと急げば、半日なり早く外の世界へと戻れていたはずだ。その間に何百人が、いや何千人が殺されたのか、わかったものではない。

俺の想像を遥かに超える最悪がここにはあった。こんな惨状が世界各地で繰り広げられているというのか。

都市を蹂躙する化け物達を前に、俺は呆然と眺めていることしかできなかった。取り返しのつかない大惨事が目の前で起こっているのはわかる。だが、規模が大きすぎて、もはやどこから手を付ければいいのかさえわからない。

『主殿！　あ、あの巨像の近くに、巨大な化け物がいますぞ！』

トレントの言葉で、俺は我に返った。今は無力感を噛み締めている暇なんざねぇんだ。

トレントの翼が示す方へと目を向ける。

三十メートルはあろうかという、翼を有する女の大きな像。過去の聖女か、はたまた聖国に関係のある偉人なのだろうか。

巨像の足許には生きている人間が数人集まっており、彼らと対峙する巨大な異形の怪物の姿があった。他のアークエンジェルの倍以上の背丈を持ち、腹部に二つ目の顔がある。

〖ロイス・ローレイ〗
種族：エクスシア
状態：呪い
Ｌｖ　：79/85
ＨＰ　：596/624
ＭＰ　：416/422

どうやらこの化け物の上位種のようだった。そして同様に、この化け物もまた、元は人間であったらしい。

先程のアークエンジェルはＤ級モンスターだったが、こちらはＢ＋級モンスターだった。かなり強さにバラツキがあるようだ。

Ｄ級までならこの世界の冒険者でも対応できる範疇だが、Ｂ＋級となると、リリクシーラの聖騎士団のようなこの世界の最強格の武装集団でようやく相手になるレベルだと俺は認識している。ただの人間五人なんざ、数秒持てばいい方だ。

俺は『人化の術』を解除した。俺の身体が赤黒く変色し、一気に膨れ上がった。

元のアポカリプスの姿へと戻る。

聖神教が敵に定める、世界の終わりを告げる黙示録の竜。だが、そんなことを気にしていられる場合じゃねぇ。

『〖次元爪〗！』

俺は爪を振るい、間合いなき爪撃を放つ。

大きな異形の天使……エクスシアの腹部の顔が潰れ、身体が大きく折れ曲がった。その衝撃で地面から足が離れる。

追加でもう一発、縦に〖次元爪〗をお見舞いする。エクスシアの身体が左右に裂け、化け物の身体越しに地面に亀裂が走った。

【経験値を３０９４得ました。】

【称号スキル『歩く卵：Lv－』により、更に経験値を３０９４得ました。】
【『アポカリプス』のLvが92から１０４へと上がりました。】

エクスシアに襲われていた人間達が、驚愕の面持ちでエクスシアの亡骸を見つめていた。自分達がどう足掻いてもまともにダメージを与えられなかった化け物が突然正体不明の攻撃に倒れたため、安堵よりも恐怖が勝っているようだった。

『……すまねぇ。生かしておけば人間に戻せる手もあるのかもしれねぇが、今の俺にはそんな余裕はねぇんだ。だが、きっと、お前の大事だった奴らは守ってやるからよ』

続けて俺は〖次元爪〗を放ち、エクスシアの近くにいた三体のアークエンジェルを葬った。D級程度なら、掠めただけでも倒しきることができる。

【ランク差が開きすぎているため、経験値を得ることができませんでした。】

ひとまず、連中の周囲にいた化け物達はこれで片づけることができた。

人間達は周囲を見回して俺を発見し……顔を真っ青にしていた。エクスシアを目前にしたときより、絶望に満ちた顔をしている。

「ヨルネス様が現れて聖都を破壊したかと思えば、アポカリプスが現れるなんて……！　もう、滅茶苦茶です！　聖都だけじゃない！　この世界はもうお終いだ！」

一人の男が悲愴な声を上げる。

格好から察するに、どうやら聖国の僧兵のようだ。やはり、聖国ではアポカリプスは、伝承の中で最悪の魔物とされているらしい。

ふと彼に目を向けたとき、そのすぐ傍に立つ、ローブ姿の少女と目が合った。向こうも驚いたような表情で、じっと俺の瞳を覗き込んでいる。

その顔立ちには見覚えがあった。アーデジア王国の王都アルバンで再会したきりだった、ミリアであった。

「もしかして、イルシアさん……なの？」

彼女が小さな声で、俺の名前を呼んだような気がした。

俺は僅かな間ミリアと目を合わせていたが、すぐに顔を逸らした。

そりゃ、会って話をしたいことは山ほどあった。だが、今の俺はリリクシーラを殺した邪竜で、世界を終わらせると預言されている黙示録の竜だ。安易に人間相手に関わるべきじゃあねぇ。

それに……第一、今は呑気に昔話に花を咲かせていられるような状況でもない。都市の中心にある巨像の上に、異様な気配があることに気がついていた。

俺は顔を上げ、巨像の砕けた頭部の……その上に浮かぶ、女へと目を向けた。

厚手の法衣に身を包む、水色髪の美女。背からは、白く輝く翼が伸びている。彼女は無機質な冷たい目で俺の方を見ていた。

第3話　聖女ヨルネス

1

俺は巨像の上に浮かぶ女と目を合わせた。

『主殿、あの方……！』

『ああ、見覚えがある』

あのときは顔が見えなかったが、格好と……そして、彼女の放つオーラでわかる。

神の声の『スピリット・サーヴァント』の一体だ。そして俺は、彼女の名前を知っている。

『私は知略と戦闘の才に長ける。この世界に流れた夥しい年月の中でも名が霞まぬ程の傑物であると自覚している。いずれ私は人格を奪われ、神の声の人形にされることだろう。これを読んだ未来の英雄が私を打ち倒し、この世界を解放してくれることを祈っている』

先の地下聖堂の啓示石にて、トレントの読み上げた言葉だ。

『聖女ヨルネス、テメェを解放しに来たぞ！』

俺の言葉に応じるように、ヨルネスの無機質な顔の目が、微かに動いた。

〖ヨルネス・リーアルム〗
種族：アバドン
状態：スピリット、人化LvMAX
Ｌｖ　：150/150(MAX)
ＨＰ　：4901/9802
ＭＰ　：6253/6253
攻撃力：627(1255)
防御力：2673(5347)
魔法力：4704
素早さ：1331(665)
ランク：Ｌ(伝説級)

神聖スキル：
〖餓鬼道|(レプリカ):Lv--〗〖畜生道|(レプリカ):Lv--〗
〖人間道|(レプリカ):Lv--〗〖修羅道|(レプリカ):Lv--〗

特性スキル：
〖グリシャ言語:LvMAX〗〖HP自動回復:LvMAX〗
〖MP自動回復:LvMAX〗〖浮遊:LvMAX〗
〖光属性:Lv--〗〖天使の鏡:Lv--〗
〖魔術師の才:LvMAX〗〖超再生:LvMAX〗
〖女神の盾:LvMAX〗〖因果の鏡:Lv--〗
〖鈍重な身体:Lv--〗〖魔法規模拡大:LvMAX〗

耐性スキル：
〖物理耐性:LvMAX〗〖魔法耐性:LvMAX〗
〖状態異常耐性:LvMAX〗〖七属性耐性:LvMAX〗

通常スキル：
〖ハイレスト:LvMAX〗〖ホーリースフィア:LvMAX〗
〖ホーリーウィング:LvMAX〗〖人化の術:LvMAX〗
〖自己再生:LvMAX〗〖不滅の儀:LvMAX〗
〖デス:LvMAX〗〖念話:LvMAX〗
〖｜魂付加《フェイクライフ》:LvMAX〗
〖ルイン:LvMAX〗〖悪神の霊雨:LvMAX〗
〖ワームホール:LvMAX〗〖グラビティ:LvMAX〗
〖グラビドン:LvMAX〗
〖グラビディメンション:LvMAX〗
〖レジスト:LvMAX〗〖ミラーカウンター:LvMAX〗
〖詠唱返し:LvMAX〗〖ドッペルペイン:LvMAX〗
〖エンパス:LvMAX〗〖バプテスマ:LvMAX〗
〖因果車:LvMAX〗〖サンクチュアリ:LvMAX〗
〖ニルヴァーナ:LvMAX〗

称号スキル：
〖最終進化者:Lv--〗〖元聖女:Lv--〗〖元魔王:Lv--〗
〖大天使:LvMAX〗〖岩塊の天使:Lv--〗〖従霊獣:Lv--〗

ステータスを確認した。やはり本人の推測通り、ヨルネスは歴代最強の聖女として神の声に〖スピリット・サーヴァント』にされていたようだ。

偏ったステータスに、不気味なスキルと不穏な点は多いが……。

『伝説級……！　伝説級上位じゃねぇ！』

アポカリプスよりもランクが一つ下だ。神の声の『スピリット・サーヴァント』は全員伝説級上位だと踏んでいたのだが、どうやらそういうわけではなかったらしい。

歴代最強格の神聖スキル持ちの一体であるヨルネスでさえ伝説級ということは、伝説級上位は相当珍しいのだろう。

神の声も五つ以上の神聖スキルを受け入れられる魔物を生み出すのはかなり難航しているのかもしれない。

代ごとに調整が進んでいるようなことも仄めかしていたので、ミーアに続いて俺も『地獄道』の獲得にまで至ったのは、そうした進歩の表れでもあるのかもしれない。

ヨルネスは他のステータスはなかなかだが、やはり上位ではなくただの伝説級というだけあって、攻撃力と素早さが致命的に低い。

接近戦に持ち込めば一方的に攻撃できる。これなら速攻で叩き潰せるかもしれねぇ。

『ってほど……甘いわけはねぇよな』

ヨルネスの身体がガクガクと震えたかと思えば、体表が薄い青色へと変化し、その身体が膨張していく。岩肌染みた、堅そうな質感だった。

ンガイの森で散々桁外れな化け物を見てきたんだ。今更何が出てきても驚かねぇつもりだったが……その姿を見たとき、さすがに俺は度肝を抜かれた。

『んだよ……これ』

ヨルネスの姿は、青白い巨大な石像へと変化した。いや、石像のような魔物は何体か目にしたことがある。だが、その姿形があまりにも奇妙で出鱈目なのだ。

巨大な人頭と、大きな鏡がくっ付いている不気味な石像……そうとしか、言い表しようがなかった。

鏡のレリーフは複数の悪魔が絡み合うようなデザインがなされており、人頭からは大きな石の翼が一枚だけ伸びている。

そして背には、巨大な車輪を背負っていた。

この異様な姿を見ただけでもわかる。ランク下だからといって……コイツが戦いやすい相手なわけがねぇ。

【『アバドン』：L（伝説）ランクモンスター】
【聖神教において奈落の王、或いは奈落そのものとされる大天使。】
【因果を司り、人の業を裁く。】
【自身へのあらゆる攻撃を跳ね返すため、死という概念を持たない。】

……自身への、あらゆる攻撃を跳ね返す。初めて見るスキルが並んでいるが……どうにもアバド

ンの最大の強みは、特性スキルの『因果の鏡』のようであった。

【特性スキル『因果の鏡』】
【あらゆる物理ダメージを攻撃してきた相手へと返す。】
【『因果の鏡』によるダメージは回避することができない。】

さらっといっているが、とんでもねぇ効果だ。完全物理耐性である。

魔法攻撃に対しても強力なスキルを有している。魔法スキルを打ち消す『レジスト』に、魔力の込められた攻撃を跳ね返す防壁を展開する『ミラーカウンター』、そして目にした魔法スキルをコピーする『詠唱返し』。

魔法対策もかなり厄介ではあるが、『因果の鏡』の方が隙がない。まずは魔法攻撃で攻めてみるしかねぇだろう。

防御面だけでなく、攻撃面においても危険なスキルがぞろりと揃っている。

アバドンは伝説級だったので神の声にとっても伝説級上位を生み出すのが難しかったのだろうと推測したが、どうやら理由はそれだけじゃねぇかもしれねぇ。少なくともアバドンは、素のステータスに頼らなくても戦える危険なスキルをいくつも有している。

『な、何やら変わった魔物ですが、怖くはありませんぞ！　主殿、いつも通り奴の攻撃は私が引き受けて……！』

『アロとトレントは、他の人間の救助と、あの歪な姿の魔物の討伐に向かってくれ』

確かに、既に周囲はヨルネスが散々荒らし尽くした後だ。

だが、神の声の目的はあくまで俺に脅しを掛けて急かすことだ。俺が戻ってくるまでに各地の人間を全滅に追い込むようなことをする気はなかったはずだと考えられる。

実際、ヨルネスの力なら、こんな都市一つ半日で滅ぼせただろう。手加減をしながら甚振《いたぶ》っていたのだ。

しかし、交戦が始まればその手心も消える。ヨルネスは都市へのお構いなしに攻撃を放ってくるはずだ。

『それに……多分、ヨルネスを相手取るのに、数は意味をなさねぇ。スキルの相性が悪すぎる』

薄っすらと概要を覗いただけだが、ヨルネスの保有スキルはどれも異様すぎる。

アロやトレントでは、目を付けられた瞬間に即死させられかねない。実物を見なければ何ともいえないが、まともな戦いにさえならない可能性がある。

『あそこの子……ミリア達を連れて、情報を集めてくれ。きっとまだこの都市の生き残りがいるはずだ。アロは一応面識があるから、きっと信じてもらえるはずだ』

「……わかりました、竜神さま」

アロは思うところがあるようだったが、了承してくれた。背中から黒い翼を伸ばすと、トレントを抱えてミリア達の許へと飛んでいく。

俺も今立っている聖堂の屋根を蹴り、ヨルネスの許へと飛んだ。

2

俺は空高くに浮遊する不気味な石像……ヨルネスの許まで飛んで行って対峙する。とにかくこいつの戦い方、動き方を見切って、それから丁寧に対処していく必要がありそうだ。

下手に攻撃すれば、ヨルネスのカウンター系スキルが発動する。物理攻撃は完全反射、魔法攻撃は『ミラーカウンター』で潰してくるはずだ。

ただ、本当に完全物理反射なんてとんでもスキルがあるのかどうか、俺は少し疑わしく思っていた。『因果の鏡』は確かにスキルの説明文を見れば完全無欠の物理攻撃耐性に思えるが、ただの一文であるためざっくりしたところしか伝わっては来ねぇ。案外、発動しているところを見れば、何か大きな隙が見つかったりするものなのかもしれない。

俺はヨルネスの周囲を飛び回る。ヨルネスは俺を正面に捉えようと動いてはいるが、こちらの動きに対応しきれてはいないようだった。

発動の速い『次元爪』であれば、確実な隙を突ける……！

まずは例の『因果の鏡』とやらの実験から始めてやる！

俺は死角を取った瞬間に、ヨルネス目掛けて軽めに『次元爪』を放った。

間合いなき爪撃が、ヨルネスの頭部を捉える。次の瞬間、ヨルネスと接合されている悪魔の鏡が光を放った。同時に俺の頭部に激痛が走る。

「グゥォオッ！」

血が噴き出る。間違いなくこの傷は、俺の『次元爪』によるものだ。

【特性スキル『因果の鏡』】

【あらゆる物理ダメージを攻撃してきた相手へと返す。】

【『因果の鏡』によるダメージは回避することができない。】

予備動作といえば、発動瞬間に微かに鏡が光った程度だ。隙といえるような隙じゃあねぇ。

爪撃は左目を掠めており、俺は前脚で血を拭う。もしかしたら自分の受けたダメージを共有するだけなのかもしれないと思ったが、ヨルネスには傷一つついていなかった。

『『ルイン』』

ヨルネスの思念が響いてくる。咄嗟に俺は、一気に高度を落とした。

さっきまで俺が立っていた場所に虹色の光の球が浮かび……それが、一気に爆ぜた。スライムの野郎が使っていた『ルイン』のスキルだ。

【通常スキル『ルイン』】

【虹色の光を放ち、広範囲に破壊を齎す。】

【威力は中心からの距離によって大きく異なる。】

このスキル自体は見覚えがあった。

だが、予想外のことが一つあった。爆発の規模が、俺の想像していたよりも三倍以上は大きかった。

逃げ切ったはずだった俺の身体を虹色の爆風が呑み込み、体表を焼き焦がす。

「グゥウゥッ！」

なんだ、この馬鹿げた規模の爆発は……!?

翼が焼かれちまう！

俺は爆風と共に、過去の聖女のものらしい巨大な像へと叩きつけられた。背後の像に亀裂の走る音が響く。

「ガハッ！」

打ち付けた背から激痛が走る。体内の空気が一気に口から抜け、そこには血が交じっていた。

ヨルネスは魔法力はそれなりに高かったし、『ルイン』が凶悪なスキルであることもよく知っている。だが、いくらなんでもここまでダメージが入るのはおかしい。


【特性スキル『魔法規模拡大』】

【注いだＭＰに応じて、魔法スキルの規模と威力を引き上げる。】

【魔法スキルによっては初歩的なスキルが一撃必殺レベルになったり、規模が変わったことで全く別の用途を見出すこともできる。】


ただでさえ馬鹿げた威力の『ルイン』を、アレで更に底上げして来やがったのか！

シンプルながらに恐ろしい特性スキルだ。

とはいえ、いくらなんでもＭＰの燃費がいいはずがない。ここで消耗させて、〖ミラーカウンター〗に回すＭＰを削り切ってから魔法攻撃を仕掛けるのも戦法としてはアリかもしれないと思ったのだが……一方的にこんなスキルを撃ち続けられていれば、まずこっちが持ちそうにない。

『〖ルイン〗』

体勢を立て直す前の俺に、続けて二発目を放ってきた。虹色の球が目前に浮かぶ。

俺は〖自己再生〗と〖竜の鏡〗を併用して即座に翼を復活させ、続けて〖ミラーカウンター〗を用いて光の壁を前方に展開した。光の壁を尾で叩いて自身を後方へと弾き、過去の聖女の巨大像の背後へ回り込んで盾にする。

俺の〖ミラーカウンター〗が罅割れて崩壊し、聖女の巨大像が中央部より崩壊する。連撃を凌いで体勢を立て直すのには成功したが、あの巨大な像が一撃で吹っ飛ばされちまった。

防御性能だけじゃねぇ。ＭＰを好きなだけ突っ込める〖魔法規模拡大〗と、高密度な魔力の塊を爆発させる〖ルイン〗の合わせ技がとんでもない。

だが、巨大像の下にはまだミリア達がいたはずだ。

俺が目を向けると、トレントが木霊状態を半分解除し、太い無数の木の根を展開して瓦礫を防いでいた。〖暗闇万華鏡〗で二人になったアロが、巨像の下にいた人間達を抱え、黒羽を広げて逃げていく。

『アロ、トレント、よくやってくれた！』

『任せてくだされ主殿！　この程度、なんともございませんぞ……！　彼らは私とアロ殿で安全なところまで運びますので、主殿はその岩塊をぶっ飛ばしてやってくだされ！』

トレントの言っている意味はわかる。ヨルネスは余所見していて勝てる相手じゃねぇ。

攻撃力と素早さの低さをガチガチのカウンター性能で補っているだけでも厄介なのに、そのカウンター性能の殻に隠れて、一方的に『魔法規模拡大』で威力を底上げした『ルイン』をぶっ放してくる。

ここまで嫌らしい戦法を取ってくる奴は初めて会ったかもしれねぇ。

『……性根が邪悪だってのは誤解だったと思ってたが、いい性格してやがったのは本当なのかもしれねぇな』

だが、一見隙がなく感じる相手も、何か一つ崩れれば案外簡単に瓦解するものだ。ＭＰだって無限じゃねぇし、魔法系へのカウンターは物理カウンターほど絶対的なものじゃねぇ。

それに……俺には、ヨルネスに有効打を取れそうなスキルに心当たりがある。

俺もリリクシーラやミーアとの戦いでかなり経験を積んできたつもりだ。

昔の俺なら、ヨルネスの尖った戦法の前に翻弄され続けていただろう。

だが、無敵のヨルネスがＭＰを消耗しながら攻撃魔法を連打してくるのには相応の理由があるはずだ。ヨルネスは俺が一方的に攻撃のターンを握れば、自身のカウンターの隙が露呈するとわかっているのだ。

　アポカリプスには、物理系以外にも優秀な攻撃スキルが揃っている。『ルイン』の連打に惑わされず、冷静にヨルネスの隙を探り、そこを突く。

3　―ミリア―

「お終いだ！　ああ、あああああ！　聖神様……なぜ私達にこのような試練を！　何が、どうなっているというのですか！　伝説の聖女であるヨルネス様がこの聖なる地で民を殺めたかと思えば……それから日も置かぬ間に、世界の終わりを告げるアポカリプスが現れるなど！　世界に何が起きようとしているのですか！」

　ラッダさんが地面に突っ伏してそう嘆く。他の聖神教の僧兵の二人も、両手で顔を覆い、その場に呆然と膝を突いていた。

「悪い夢だというのなら覚めてくれ！」

　二人共、ラッダさん同様、アポカリプスを目にしてすっかり絶望してしまったようだった。

「我々が何をしたというのですか！」

　メルティアさんも呆然とアポカリプスを見つめてこそいるが、彼らほど絶望している様子はない。

　アポカリプスの出現は、聖神教の人間にとっては余程衝撃的なことなのだろう。

　ただ、私には、彼らがアポカリプスだと呼んで恐れているあのドラゴンが、イルシアさんに思えてならなかった。

元より、高位のドラゴンなどそう何体もいるものではない。だからこそ私は、この聖都リドムで聞いた、ハレナエを襲撃した勇者殺しの邪竜がイルシアさんだという話を否定できなかったのだから。

そして先程の攻撃も、明らかに私達を助けるために放たれたものだった。それに……さっきの私を見ていたあのドラゴンの目に、私は懐かしいものを感じていた。

「き、きっとあのドラゴンは、私達を助けに来たんです」

「そんなわけがあるか！」

嘆いていた僧兵の一人が、手にしていた槍を地面に投げつけてそう叫んだ。

「あのドラゴンの悍ましい姿を見よ！　あの地の底の深淵から現れたような、禍々《まがまが》しいとしか形容できぬ……」

頭上から何か、奇妙な鈍い音が聞こえてきた。

私は顔を上げた。

頭を吹き飛ばされた『ルミラの天使像』の首の先……ヨルネスが浮かんでいたはずのところに、何か、不気味な怪物が現れていた。

その姿は、一言ではとても形容できそうにない。青白い岩塊のようなものが、まるで粘土のようにボコボコと変形して、巨大な人頭のような姿を象《かたど》ろうとしている。

その様子がとても不気味で……私にはなんだか、この世界にいてはならない化け物が誕生しようとしているような、そういうふうにしか感じられなかった。

「ヨルネス様……？」

私と話をしていた僧兵が、蒼白とした顔で遥か頭上の怪物へとそう呼び掛ける。

すぐに化け物の歪な凹凸が消え、綺麗な青白い彫像の姿になった。

だが、その姿はとても、聖女様だとは思えないものだった。

大きな不気味な人頭に、片翼の翼。悪魔が醜悪に笑う額縁の大きな鏡が付いていて、何かを象徴するかのような巨大な車輪を背負っていた。

出鱈目な姿ではあるものの、妙な迫力と神々しさを伴っていて、ただの化け物が聖女ヨルネスの振りをしていたわけではなく、アレは聖女ヨルネスだったものの成れの果てなのだと、私は直感的にそう感じさせられた。

だけれど、私はその恐ろしい姿に、納得するところがあった。

ヨルネスが人の亡骸を用いて生み出していた、陶器のようなつるりとした体表の、人間のパーツを出鱈目に継ぎ足したような不気味な魔物。あれらの大元だと思えば、真っ当な外見をしていないのも当然だといえる。

それに、ただの人間でさえ、亡骸からあんな不気味な化け物を造られてしまうのだ。聖女ヨルネスほどの伝説の人物が何者かによって魔物にされてしまったのならば、あのような悍ましい姿になってしまうこともあるのかもしれない。

「見てください！　聖女ヨルネスはもういないんです！　今あそこにいるのは、きっと、聖女ヨルネスだったものの残骸でしかないんです！」

「よ、余所者が、なんと不敬なことを……！　見よ、あの神聖で、荘厳なお姿を！」

「僧兵さん……？」

目が正気ではなかった。

「そ、そうだ！　ヨルネス様が、聖神様の御許で天使となって帰って来たのだ！　預言の黙示録の竜を打ち破るために！　そう考えれば、全てのことに辻褄が合うのではないか……？」

「無茶苦茶なことを言わないでください！」

「はは、はははは！　全てわかったぞ！　聖都を襲ったのではなく、黙示録の竜を討伐するための兵を募っていただけなんだ！　だとすれば、この地を滅ぼさなかったことにも納得がいく！　そうに違いない！　これで全て説明が付くんだ！」

　彼も頭上に浮かぶアレが、恐ろしい化け物であることは理解できているはずだ。だが、きっと受け入れられないのだ。

　無理もない。神聖な地にずっと崇めていた伝説の聖女が現れたかと思えば、その聖女が聖地で虐殺を始めただけでも恐ろしい事件だ。

　この地の聖職者からしてみれば、私とは比にならないショックだったのだろう。そこに世界の終焉を招くと恐れられていたドラゴンが現れたかと思えば、今度は聖女ヨルネスが更に悍ましい姿の化け物へと変化したのだ。

　そのとき、大聖堂の屋根に立っていたアポカリプスが動いた。風の如き速さで、異形の化け物と化したヨルネスへと迫っていく。

「そんな、速すぎる……。メーベル法で測らなくたってわかります。あの速さ、Ａ級上位だとかそんな次元じゃない……。や、やっぱり、本物のアポカリプスなんです」

　ラッダさんの言葉に私は息を呑んだ。

　Ａ級上位で、単体で王国一つの戦力に匹敵する化け物だとされている。それを遥かに超えるということは、本当に伝承通りに、世界を終わらせるだけの力を持っているのかもしれない。

　アポカリプスが『ルミラの天使像』へと近づいていったそのとき、アポカリプスの近くで七色の光の大爆発が起こった。

　ヨルネスが『ルイン』の魔法を使ったようだ。

　アポカリプスの巨体が虹色の爆風で吹き飛ばされ、『ルミラの天使像』の胴体部分へと叩きつけられた。像が砕け、パラパラと石片が私達の許へと落ちてくる。

『ルミラの天使像』の頭部を吹き飛ばしたのと同じ『ルイン』ではあるが、あのときより遥かに規模が大きい。

　もしも狙われでもしたら、避難所にしているリドム宮殿が一瞬で破壊されてしまいそうだ。本当に今までヨルネスの関心が聖都に向いていなかっただけで、何かがほんの少し違っていたら皆殺しにされていたのだと痛感させられた。

「おお、さすがヨルネス様！　見よ、あのアポカリプスを圧倒している！」

　僧兵が、像に叩きつけられたアポカリプスを指で示す。

　私はじっと、アポカリプスを見つめていた。

　確かに恐ろしい、威圧的な姿ではある。しかし、やはり目の奥に温かみのようなものを感じるのだ。

　ヨルネスとは違う。苦し気に目を細めるどこか人間らしい表情が、どうしても村近くの森で出会ったドラゴンと重なる。

「やっぱりあのドラゴン、イルシアさんなんじゃ……」

　アポカリプスはカッと目を見開き、身体を翻して空を舞い、『ルミラの天使像』の周囲を飛ぶ。

　次の瞬間、虹色の爆炎が頭上を覆い尽くし、アポカリプスの姿が見えなくなった。

　轟音が鳴り響く。

　どうやら『ルミラの天使像』の胴体部分が〖ルイン〗で吹き飛ばされたようだった。ヨルネスがアポカリプスを狙って放ったもののようだった。

『ルミラの天使像』の残骸が、私達へと嵐の如く降り注ぐ。

　とてもじゃないが避けられない。何かの魔法で防げるような規模ではない。私達はただ、口を開けて頭上を見上げることしかできなかった。

大きな岩塊が落ちて来るのを、私はゆっくりに感じていた。死が迫っていると脳が理解しているためだろうか。

アレに押し潰されて、私は死ぬ。ここまで聖地の民を蔑ろにして戦う聖女様がいて堪るものかと、私は先程の僧兵へと心中で毒づいていた。

恐怖に目を瞑る。岩塊が地面を殴りつけるような音が聞こえてきて、私はそれで死んだのだと思った。だが、身体に痛みはない。

恐る恐る目を開くと……私達の頭上には、奇妙な魔物が浮かんでいた。それは人の頭くらいの大きさをした、緑色の、丸っこい鳥のような姿をしていた。顔には木でできた仮面を着けている。

全身から木の根のようなものを網状に展開させ、『ルミラの天使像』の残骸を受け止めている。この魔物が何なのかはさっぱりわからない。けれど、私達を守ってくれたことは明らかだった。

「えっ……」

状況が理解できないでいると、目前に黒い羽の生えた女の人が現れた。私を軽々と抱えると、地面を蹴ってその場から飛んで逃れ、落石の合間を抜けて崩落から逃れた。

そのまま女の人は、翼を用いて宙に滞空する。

た、助けられた……？

しかし、メルティアさんや僧兵達は無事だろうか。あの鳥の魔物が守ってくれたとはいえ、なに

せあの落石の規模だ。完全には落石を受け止められていなかった。

彼女達は……と姿を捜せば、あの二人、同じ顔をした黒羽の女の人が浮かんでいて、それぞれが二人ずつ、メルティアさんや僧兵達を抱えて救出していた。三つ子……なんだろうか？

「あ、ありがとうございます。あの、あなたは……？」

女の人がぱちりと瞬きをする。赤と黄金の綺麗なオッドアイだった。

「覚えていないんですか？　王都アルバンの城で……」

その言葉を聞いてハッとした。確かに、私はその顔に見覚えがあった。王都アルバンの偽王女騒動があった際に、私を助けてくれたアンデッドの女の子に似ている。

「あ、あれ、いえ、でも、年齢が……」

……記憶の中の彼女と、外見年齢に違いがある。

魔物は進化によって容姿を大きく変えるものではあるけれども、アンデッドにとっては外見年齢の変化もよくあることなのだろうか？

「……それよりも！　あなたがいるってことは、あのアポカリプスは、イルシアさん……！」

やっぱりそうだったのだ。彼女の登場でようやく確証が持てた。

『アロ、トレント、よくやってくれた！』

大きな思念が響いてくる。

これは一部の魔物が用いるスキル、【念話】だ。アポカリプス……イルシアさんが、私達の方へと目を向けていた。イルシアさんの【念話】だったのだろうか？

『任せてくだされ主殿！　この程度、なんともございませんぞ……！　彼らは私とアロ殿で安全なところまで運びますので、主殿はその岩塊をぶっ飛ばしてやってくだされ！』

　木のお化けは、イルシアさんへと【念話】を返して胸を張っていた。

　きっと、外見から察するに彼が『トレント』なのだろう。だとすると、アンデッドの彼女の方が『アロ』だということになる。

「アロさん……でいいんですよね？　あの、今、これって何がどうなっているんですか？　それに……なぜ、三人……？」

「あっちの二人は私の分身」

　アロさんがそう答える。

「分身……」

　高位の魔物は大抵変わったスキルを身に付けている。見かけではわからないが、アロさんは高位のアンデッドなのだ。分身くらいできてもおかしくはない。

「とにかく、話は後で。ここから離れた方がいいです」

　確かにそれは間違いない。

　ヨルネスは私達を巻き込むのに一切躊躇《ちゅうちょ》していない。ここにいれば、魔法の余波で殺されかねない。

「放せ、放せぇ！　アポカリプスの手先の魔女めっ！　私達をどうしようというのだ！」

僧兵の一人が錯乱して大騒ぎしている。自身を抱えているアロさんの分身の腕を振り解こうともがいていた。

「落ち着いて、私の目を見てください」

アロさんの分身はそう僧兵へと声を掛ける。

「何が落ち着けだ！　アポカリプスの手先……！」

アロさんの分身の瞳が妖しく輝く。光を受けた僧兵の身体から力が抜け、だらんと両腕と足が垂れる。

「ア、アロさん!?」

「……今は時間がないです。起きたら、後でどうにか説得してください」

アロさんが、そっと私から目を逸らした。

アロさんに抱えられたまま、私達はヨルネスから距離を取るため移動をした。その間、この聖地で何が起こったのかを私はアロさんに説明していた。どうやら彼女も、今ここで何が起きているのかはほとんど知らないようであった。

「こうした経緯で……生き残っている人達は、リドム宮殿を拠点にして、化け物達からどうにか身を守っているんです。でも、それももうほとんど限界で……。私達は聖女ヨルネスを討伐できないかどうか、彼女の情報を持ち帰るために攻撃を仕掛けていたところだったんです」

口にしていて、あまりに無謀な計画だったと再確認させられた。ヨルネスが連発している『ルイン』の魔法は、その気になれば一撃でリドム宮殿を吹き飛ばすことができる。ヨルネスの気紛れ一つで、私達は一秒と持たずに殺されていただろう。

アロさんが地面へと降りる。リドム宮殿へと到着したのだ。

アロさんの分身二人も、私達に続いて着地した。メルティアさんがよろけて倒れそうになり、宮殿の壁へと手をついていた。

「助けられた……のだろうが、何がなんなのか、さっぱりわからない……。すまない、混乱しているようだ。ミリアを知っているのか？　その、君達は、仲間だと思っていいんだよな？」

メルティアさんが不安げにアロさんへと尋ねる。アロさんはこくりと頷いた。

イルシアさんのことはまだまともに聞けていないけれど、とにかくアロさん達は、私達の力になってくれるようだ。しかし、リドム宮殿の人達にアロさんやトレントさんをどう説明したものだろうか。

いや、アロさんはかなり理知的な人のようであるし、私がしっかり他の人達に呼び掛ければ大丈夫なはずだ。

ただ、余計な混乱を招くべきではないだろう。ひとまずアポカリプスのことと……アロさんが人間でないことは伏せておいた方がいいのかもしれない。

私はイルシアさんとヨルネスの様子を窺おうと視線を移したのだが、そのとき、遠くから二体の魔物がこちらへ駆けてくるのが見えた。ヨルネスの『ニルヴァーナ』によって生み出された、人間を雑に模したような不気味な化け物だ。

　ヨルネスの生み出した化け物には、個体によって大きな能力の差異がある。

　あの二体の化け物は、かなり体格のいい方だ。あの大きさの化け物の危険度は恐らくC級上位はあるはずだと、ラッダさんが前にそう口にしていた。

　C級上位の魔物の強さは、一流の冒険者に匹敵するとされている。もしもあんな魔物が複数体もリドム宮殿に押し入ってきたら大変なことになる。

「あの、アロさん！　協力してあの二体の化け物を……！」

「『ゲール』」

　アロさんが向かってくる化け物へと手を翳《かざ》す。まだ遠くにいる化け物の許に巨大な竜巻が現れる。

　二体とも暴風によって身体が捻じれ、引き千切られた。身体の残骸が周囲に舞う。

「今、何か……」

「い、いえ、何も」

　私が手出しする必要は一切なかった。王城で出会ったとき既に私よりも遥かに強かったのは間違いないが、あのときよりも数段は強くなっている。

　アロさんがいてくれて、本当に心強い。リドム宮殿に魔物を引き込むとなるとパニックを起こす人達が現れるのではないかとも思っていたのだが、アロさんは姿形も人間と変わりがないし、彼女がいてくれれば宮殿の中の人達を説得することも容易そうだ。

「……まだまだ数が多そう。トレントさん、私、この都市を回って魔物の数を減らしてくる。ここの人達をお願い」

『了解しましたぞ！』

トレントさんはアロさんの言葉に答えて、びしっと翼を折って額に当てる。
ア、アロさんじゃなくて、トレントさんがこっちに残るんだ……。
私がトレントさんの顔を見たとき、彼と目が合った。自信満々といわんばかりに大きく胸を張っている。

「え、えっと、その……」

仮面から表情は窺えないが、任せて欲しいという強い意志を感じた。

だ、大丈夫……なのだろうか？

「よろしくお願いします……」

『任せてくだされ！　主殿の御友人ともあれば、私にとっても他人ではありませんぞ！』

パタパタと小さい翼を動かす。

「あの、アロさん。その、中の人達の説得に少しだけ同伴してもらえたら……」

アロさんは地面を蹴り、黒い翼を伸ばして飛んでいった。

分身二人もその後に続く。私はその背を、ただただ見つめることしかできなかった。

4

ヨルネスへ距離を詰めようとしたとき、目前に虹色の球体が出現した。

当てに来たというより、接近を牽制しに来たようなスキルの撃ち方だ。相手の意図通りに動くのは怖いが、ヨルネスは変わったスキルが多く、下手に近づくのは避けたい。

〖ルイン〗の爆風を受けてまで距離を詰めるより、ここは無難に距離を取って相手のＭＰを消耗させつつ、出方を窺った方がいい。

手札不明の相手に安易に近づくのは不気味すぎるし、攻撃を受けながら接近すればそれこそ致命的な隙を晒すことになる。

そう考えて、俺は一気に減速しつつ、大きく身体を引いた。すぐ目の前で〖ルイン〗が虹色の光を撒き散らしながら大爆発した。

〖魔法規模拡大〗は使っていない……。本当に俺の接近を牽制するのが目的だったようだ。

思惑に乗る形になったのは不安要素ではあるが、相手の狙いがしっかり読めていたことが裏付けられたのはよかった。

問題はヨルネスが、ここで何を仕掛けてくるつもりなのか……！

『〖ドッペルペイン〗』

ヨルネスの周囲に、どす黒い頭蓋骨を模したような靄が浮かぶ。あのスキルは、ヨルネス以外が持っているのは見たことがないが……。

【通常スキル『ドッペルペイン』】

【耐性を無視して自身を毒、呪い、麻痺の状態にする。】

あのスキル、何の意味があるんだ……？

説明文を見るに、完全にデメリットしかないように思えるが。ユミルのように、状態異常を負うことで自身を強化するスキルでも抱えているのか？　ざっと確認したところそのようなスキルはなかったはずなのだが。

『〖エンパス〗』

ヨルネスの石像の瞳が仄かに光った。ぐわんと、思考を掻き乱されるような感覚。

瞬間、俺の全身が痺れ、身体が苦しくなった。滞空が乱れそうになるのをぐっと堪える。

な、なんだ今の……全く避ける余地がなかった。

【通常スキル『エンパス』】

【相手と瞬間的に精神を同調することで、自身の負っている苦痛やダメージを他者と共有する。】

【自分よりダメージを受けている相手にダメージを与えることはできない。】

あっさりと書いてくれているが、実際に受けるととんでもねぇスキルだ。

何がどう飛んできて作用したのかさっぱりわからない。強いていえば『エンパス』は『念話』に近いものを感じた。恐らくこれは、どう足掻いても避けられない。

自身の負っている苦痛やダメージの共有ってことは、これは……。

〖イルシア〗
種族：アポカリプス
状態：毒(大)、呪い(大)、麻痺(大)
Lv　：105/175
HP　：7957/10386
MP　：8361/8405

さ、最悪じゃねぇか……。距離を置いてから『ドッペルペイン』で自身に状態異常を掛け、『エンパス』で共有するのが狙いだったらしい。

今の感じ、俺の耐性を完全に貫通して来やがった。

そして状態異常もそうだが、下手にダメージを与えれば『エンパス』でダメージを共有してＨＰを削って来るのもヤバ過ぎる。

ヨルネスは最大ＨＰがかなり高い。俺の方が辛うじて最大ＨＰで勝っていたからいいものの、もし負けていたらＨＰを減らしてからの『エンパス』で瞬殺されていたんじゃなかろうか。

嫌な感じがして、アロとトレントを離れさせておいてよかった。

ただ、俺に状態異常を治癒するスキルはない。

〖自己再生〗をゴリ押しすれば治せるが、ＭＰ消耗とはあまり見合わない。〖ホーリー〗で呪いは除去できるが、さして即時的な影響の大きい状態でもないため今急いで治癒するのはあまり得策ではない。どうせすぐに〖エンパス〗で押し付けられる。

それよりダメージを与えづらいヨルネスが、自発的に状態異常を負ってくれたのをプラスと捉えるべきか……。

毒の持続ダメージや麻痺の行動阻害は痛いが、結局それはお互い様であるため大きくは響いてこないはずだ。自然治癒に任せるしかない。

『〖バプテスマ〗』

ヨルネスの身体が光に包まれていく。

ま、また新しいスキル!?　つーか、あれってまさか……!

【通常スキル〖バプテスマ〗】

【自身の穢れを浄化する。】

【あらゆる状態異常を完全に回復する。】

ひ、人に擦《なす》り付けて、自分だけさっさと回復しやがった……!

〖ドッペルペイン〗で自分に状態異常を重複させ、〖エンパス〗で強制共有し、〖バプテスマ〗で自分だけ回復するのが一連の流れだったらしい。

本当にこれまで戦ってきた魔物の中で、比べるまでもなく一番戦い方が汚い。

複数種のカウンタースキルと、それ一つ連打するだけで戦える、強化した速くて威力が高く規模の大きい魔法攻撃スキル。それだけでも煩わしいのに、耐性を貫通する凶悪な状態異常の押し付けコンボと、条件次第で相手を即死させられるスキルまで持っていやがる。

ヨルネスの戦い方が異様すぎる。伝説級上位ではなくただの伝説級だったのは、神の声でも伝説級上位の魔物を造り出すのが難しいからだと思っていたが……このアバドンに関しては、完全上のランク関係なく相性次第で嵌め殺せるタイプの魔物だ。

下手したら神の声の『スピリット・サーヴァント』四体の中で一番厄介かもしれねぇ。

とにかく、一方的に毒を植え付けられちまった以上、勝負を急ぐ必要が出て来やがった。正攻法以外のあらゆる方面から攻めて急かして来やがる。

俺が前に出ようとしたとき、また目前に虹色の球が現れた。俺は高度を下げ、『ルイン』の爆発を避ける。その間にヨルネスは俺から距離を取るように飛んでいく。

嫌らしい……。先程と同様に、ヨルネスは『ルイン』を、俺との間に設置するように仕掛けてきやがった。

もう少し接近してからじゃねぇと魔法スキルを当てられるわけがねぇと思っていたが、このままだと一方的に距離を保って毒ダメージを稼いで遠距離攻撃を仕掛け続けられるだけだ。

麻痺で運動能力を落とされた以上、接近は余計に困難になった。こっちからも遠距離攻撃を仕掛けながら相手の隙を作るしかない。

……もっとも、ヨルネスは〖詠唱返し〗という魔法スキルのコピー技を持っているため、下手にスキルを見せるわけにはいかねぇのだが。

アポカリプスの凶悪な固有魔法をコピーされたらこっちの状況が更に悪くなりかねない。本当に徹底して嫌な戦い方を仕掛けて来やがる。

〖ルイン〗だけでも厄介なのに、アポカリプスの〖ディーテ〗や〖コキュートス〗を真似された挙句に〖魔法規模拡大〗で強化されれば、手が付けられなくなっちまう。場合によっては使わざるを得ないだろうが、牽制で仕掛けるにはもっといいスキルがある。

『〖ホーリースフィア〗！』

俺はヨルネス目掛けて、白い光の球体を放った。光属性の魔法攻撃スキルである。

〖次元爪〗よりMP消費量でもダメージでも当てやすさでも劣っていたため使う機会は特になかったのだが、対ヨルネスの牽制としてはこのスキルが一番いいはずだ。

物理攻撃でないため〖因果の鏡〗に引っ掛からない上に、既にコルネスは〖ホーリースフィア〗を持っているため〖詠唱返し〗で手札を増やされる心配もない。

ヨルネスはただでさえ動きが遅い上に、あのアバドンの姿は〖鈍重な身体〗の特性スキルで素早さが落ちている。

あの巨体じゃ、単発スキルを躱すのも苦労するはずだ。

……もっとも、そうでもなければ、〖因果の鏡〗なんてクソスキルを持っていやがるヨルネスにはとてもじゃないがダメージを与えられねぇんだが。

『〖レジスト〗』

ヨルネスに当たる手前で、光の球が渦を描くように四散して掻き消された。

スキル〖レジスト〗……魔法を打ち消すスキルだ。ヨルネスは魔法対策を掻き消す〖レジスト〗と反射する〖ミラーカウンター〗の二つを持っているが、今回は掻き消す方を選んだようだ。

この距離で〖ホーリースフィア〗を撃っても、とてもじゃないがヨルネスのスキルを掻い潜って攻撃を当てることはできなさそうだ。

だが、〖ホーリースフィア〗に意識を向けさせた隙に、距離を詰めることに成功した。近距離を飛び回って魔法を撃ち続けていれば、いつかヨルネスに届くはずだ。

威力なら〖グラビドン〗の方が出そうだし、こちらも既にヨルネスが持っているため〖詠唱返し〗を気にする必要もねぇ。

ただ、消費ＭＰと発動の際に晒す隙を考えれば、気軽に撃てるのは〖ホーリースフィア〗だ。カウンタースキルの隙を探る必要があるため、大技をぶっ放しても仕方がねぇ。今はダメージを与えることより、相手の動き方を探るのが主目的だ。

とにかく〖ホーリースフィア〗を放って、ヨルネス相手にまずは一撃でもいいからダメージを与える！

俺はヨルネスへ距離を詰めながら、前脚の先に白い光の球を浮かべる。そのまま奴の大きな人頭の部分へと〖ホーリースフィア〗を叩きつけてやった。

『これならどうだ！　ゼロ距離〖ホーリースフィア〗！』

『〖レジスト〗』

俺の前脚の先の〖ホーリースフィア〗の魔力が散らばり、掻き消された。前脚でヨルネスを押さえ付けながら、俺は素早く尾で弾いて距離を取った。

『ちっ、これでも無理か！』

『〖ルイン〗』

不完全な体勢の俺へと、案の定追撃が放たれる。追撃が来ることはわかっていたので、そのまま速度を上げる。

背後で虹の光が爆ぜた。

押し出すように尾を当てたのだが、ヨルネスは微動だにしていない。〖因果の鏡〗の影響なのだろう。物理攻撃でダメージを与えることは疎か、物理的な接触でヨルネスを動かすことさえ不可能だと考えた方がよさそうだ。

『……想像以上に厄介だな』

〖因果の鏡〗を突破する術をいくつか考えていたのだが、たとえば叩き落としたり、壁に叩きつけたりといった方法で間接的にダメージを与えるというのは難しそうだ。『因果の鏡』がそうした攻撃も跳ね返してくるのか検証したかったが、そもそも力を加えること自体ができそうにない。『グラビティ』を撃ってもさすがに地面まで叩き落とすだけの威力は出ねぇし、邪魔だと判断されれば『レジスト』で潰されるだけだ。

そしてもう一つ考えていた攻略法も否定された。

隙を突いて『闇払う一閃』を使えるのではないかと思っていたのだ。アレはあらゆる耐性やスキルを貫通してダメージを与えられる。だが、ゼロ距離からの『ホーリースフィア』を『レジスト』で潰される以上、『アイディアルウェポン』で剣を出しても掻き消されちまう。

ただ、これでヨルネスの戦い方は見えてきた。状態異常で動きにくくしてダメージを与え、自身はひたすら攻撃を無効にしつつ時間を稼ぐ。『ルイン』をばら撒くのは攻撃目的より、俺の行動を阻害するのが主目的だ。

ダメージを与えられる場面でも『ルイン』を牽制目的ばかりに使っていたことに違和感があったが、俺の攻撃を安易に許せば自身の優位性がなくなると判断してのことだろう。

だったら、こっちの方針も固まった。

「『カースナイト』！」

俺は前脚を伸ばし、先端に魔力を溜めた。

指先に青白い光が灯る。放たれた光は、下半身が馬の騎士の姿を模していく。

　アポカリプスに進化した際に獲得した、遠距離攻撃スキルである。

【通常スキル『カースナイト』】

【魔力の塊より、強い呪いを帯びた騎士を生み出す。】

【騎士は衝撃を受けるか、対象の敵への攻撃に成功した際に爆ぜ、周囲に呪いを撒き散らす。】

【飢餓や狂乱状態を与える他、相手の魔法力が低い場合には死を、場合によっては対象の肉体を術者が操ることもできる。】

　状態異常は『エンパス』で強制共有された挙句に『バプテスマ』で回復されるだけだろうが、元々『カースナイト』の状態異常付与はメインではない。ダメージをそれなりに見込めるため、追尾できる攻撃手段になるのが強みである。

　ヨルネスは魔法力も高い上に、状態異常耐性も最高レベルである。どうせ状態異常には掛かってくれないだろう。

　元々、俺は『カースナイト』は使えないスキルだと思っていた。強敵相手に状態異常は効かない上に、速度が遅く、ＭＰの消費量もそれなりに高いためだ。だが、今回でいえばその遅さと追尾機能が幸いする。

『【ホーリースフィア】！』

　俺は『カースナイト』に続き、素早く『ホーリースフィア』を放った。俺自身もヨルネスへと直進して距離を詰めていく。

『カースナイト』は宙を駆け、ヨルネスの側面へと回り込んでいく。

ヨルネスを倒すには、魔法スキルの同時攻撃しかない。『エンパス』で即死させられかねない以上アロやトレントを下手に連れてくるわけにはいかねぇが、俺一人でも魔法スキルの同時攻撃はできる。

『カースナイト』の遅さと追尾機能を利用し、ヨルネスを同時に攻撃できるように調整すればいい。

ヨルネスは『カースナイト』から逃げるように動く。

だが、無駄だ。『カースナイト』には追尾効果がある。呪いの騎士はヨルネスの手前で速度を落とし、ヨルネス目掛けて槍を構える。

『『ミラーカウンター』』

先程までとは桁違いなほどに大きな、光の壁がヨルネスの前面を覆う。

『魔法規模拡大』で強化したようだ。無策で逃れようとしていたわけではなく、『カースナイト』の飛び込んでくる角度を調整していたのだ。

ヨルネスの『ミラーカウンター』によって、『カースナイト』と『ホーリースフィア』の双方が同時に防がれる。

そのとき俺は、ヨルネスの頭上へ移動していた。口の中に溜めていた魔力の塊を、至近距離から一気に放つ。

『『グラビドン』！』

ヨルネスの頭部に、黒い球体が直撃した。石像の身体に亀裂が走り、ヨルネスが大きく高度を落とした。

間違いなくダメージが入った。ヨルネスの絶対防御を破ってやった。

俺は自分の放った魔法スキルよりも速く動ける。発動時間が違っても、その分俺が移動して接近すれば、同時に着弾させることは容易い。

速度の差と『カースナイト』の追尾機能を活かせば、ヨルネスの魔法対策は打破できる。二発同時で対処されるなら三発同時だ。

『ようやく一発ぶちかましてやったぜ、ヨルネス』

石像の顔は動かない。だが、俺を睨みつけているように思えた。

5

ヨルネスにダメージを与えることに成功した。

奴のカウンタースキルの掻い潜り方はわかった。後はこちらの被ダメージを抑えつつ、さっきの手順で緩急をつけてスキルを効率的にぶつけていくだけだ。

ヨルネスの身体の亀裂がどんどん塞がっていく。

『ＨＰ自動回復』と『超再生』、そして『自己再生』を持っているだけはある。だが、その分回復にＭＰは消耗しているはずだ。

この調子でガンガン削ってやる！

『〖詠唱返し〗……〖カースナイト〗』

ヨルネスから青白い光が放たれたかと思えば、それは騎士の姿へと変わった。

〖詠唱返し〗、目にした魔法スキルを短時間の間自分のものにできるスキルだ。早速先の〖カースナイト〗を模倣したようだが……。

『悪いが俺は、速さにゃ自信があるんでな！』

俺はヨルネスとの距離を調整して一定に保ちながら、相手の周囲を回るように飛んで〖カースナイト〗を避ける。

少し逃げれば、後を追い掛けてくる〖カースナイト〗の軌道は見なくても読める。俺に追いつくためには、迂回して追うような余裕はないはずだ。最短距離の経路で追ってきている。

俺は背後へ軽く〖鎌鼬《かまいたち》〗を放った。〖カースナイト〗の身体が上下に分かたれ、青白い光を放って破裂した。

〖カースナイト〗の強みは追尾効果だが、それ以上に速さのなさがネックだった。速さのないヨルネスにとっては脅威になるだろうが、俺からしてみれば単発で使われてもあっさりと対処できるスキルだ。

わざわざ〖詠唱返し〗でコピーせずとも、〖ルイン〗をぶつけられた方が厄介だった。

『こっちも仕掛けさせてもらうぞ！　『ワームホール』！』

俺の傍と……ヨルネスの近くに、黒い光の塊が出現した。

ヨルネスの弱点がわかった以上、そこは徹底的に突いていく。


【通常スキル　『ワームホール』】

【空間を捻じ曲げて別の場所と繋げ、物理的な距離を無視した瞬間移動を行うことができる。】

【射程範囲はスキル使用者の全長に比例し、最大で十倍までの範囲を移動できる。】

【MPの消耗量は激しく、発動するまでにやや時間が掛かるため使い所が難しい。】


オネイロスのときに覚えたスキル……『ワームホール』だ。

今までは直接移動した方がマシの使い道のないスキルだと思っていたが、オリジンマターからこいつの使い方は教わった。空間を繋げることで、その先にスキルを撃ち込んで一人で挟撃することが可能になるのだ。

オリジンマターはこれを使って、俺に対して『ダークレイ』を多方向から撃ち込んできた。

『ワームホール』は発動が遅い上に座標が固定されるが、多少距離を取られても二点から撃ち込めるというだけで大きな武器になる。

空間を曲げてタイミングを合わせれば、『レジスト』と『ミラーカウンター』だけで対応できなくなる。ヨルネスはあの姿では致命的に素早さに欠けるため充分有効なはずだ。

『〖ルイン〗』

俺の前方に、虹色の光の球体が浮かび上がる。『ワームホール』の座標から俺を動かそうという狙いらしい。

ヨルネスは『ルイン』を攻撃手段というより、避けさせて相手を動かして行動を制限するのに用いる。それ故に、どうにか避けきってもこちらが段々不利に追い込まれていく。

上手い使い方ではあるが……その使い方には大きな弱点がある。

『その攻撃を受けるかどうかは、俺が選べるんだよ！』

至近距離で虹色の光が爆ぜた。

俺はそれを避けずに受け止め切った。全身を焼かれるような痛みが走る。

俺は歯を喰いしばって耐えた。覚悟はしていたため、翼で身体を覆い、受ける前から『自己再生』による治癒を始めていた。

ここから退くより、『ルイン』を受けた方がいいと考えたのだ。それに今回の『ルイン』は、『魔法規模拡大』での出力や規模の底上げはされていなかった。

ヨルネスとしては確実に俺を動かすために『魔法規模拡大』での威力の底上げをしたかったはずだ。

だが、ヨルネス自身が『ワームホール』からまだ距離を取れていなかったため、俺に向けて下手に大規模な『ルイン』を撃てば、二点の『ワームホール』を通じてその爆風が自分の許へと届くことになる。だから『魔法規模拡大』での強化が行えなかったのだ。

　ヨルネスの素の魔法力は、せいぜい同ランク帯最強レベル……。無強化の〖ルイン〗でも痛いことは痛いが、発動の遅い〖ワームホール〗を確実に通せるなら安い代償だった。

『〖カースナイト〗！　そんでもって〖ホーリースフィア〗！』

　俺から呪いの騎士が放たれ、その後に白い光の球体が続く。まずはこの二つのスキルを真っ直ぐヨルネスへと放つ。

『〖ミラーカウンター〗』

　巨大な光の壁がヨルネスの前面に迫り上がる。

〖魔法規模拡大〗で強化しているようだ。〖カースナイト〗と〖ホーリースフィア〗の同時攻撃を、防壁の規模で潰すつもりらしい。

『〖カースナイト〗！』

　俺は〖カースナイト〗を〖ワームホール〗へと放つ。これで先に放った二発の魔法スキルと今の〖カースナイト〗は、ヨルネスへと同時に別方向から着弾するはずだ。

『〖ミラーカウンター〗』

　ヨルネスは続けて、別方面にも光の壁を出現させる。

　確実に〖ワームホール〗を活かすために、ヨルネスとの距離を取り過ぎたか。

　二発目の〖ミラーカウンター〗が間に合っちまった。これで俺の放った全てのスキルの軌道が全て遮られたことになる。

『だが、ここまで想定内だぜ！』

俺は〖ワームホール〗を潜り、ヨルネスの近くへと出現する。転移した瞬間、準備していた魔法スキルをお見舞いしてやった。

『〖グラビティ〗！』

周囲一帯を円柱状に黒い光が覆い尽くす。

重力に縛られ、ヨルネスの身体が大きく高度を落とした。宙に展開されている〖ミラーカウンター〗の防壁から、ヨルネスの身体が外れる形になった。

〖グラビティ〗で叩き落としたためヨルネスの座標が変わったが、〖カースナイト〗には追尾機能がある。高度を落とし、防壁を失ったヨルネスへと、二体の呪いの騎士が槍を構えた。

『〖レジスト〗』

ヨルネスの周囲から黒い光が消える。重力の拘束から逃れたヨルネスは〖ミラーカウンター〗の防壁へと戻ろうとするが、もう遅い。

一体目の〖カースナイト〗がヨルネスに着弾し、青白い光が爆ぜる。ヨルネスの身体の端の一部が砕け、体勢が崩れる。

持ち直す前に、続いて二体目の〖カースナイト〗が着弾。爆風に弾かれるようにヨルネスは高度を落とす。本体がダメージを負って維持できなくなったらしい〖ミラーカウンター〗の防壁が崩れた。

『んでもって……『グラビドン』！』

隙だらけのヨルネスに、真上から黒い光の球体を叩き込んでやった。まともに直撃した。ヨルネスの大きな頭部と翼に亀裂が走り、一気に落下していく。

ヨルネスが身体を地面に叩きつける。周囲に轟音が響き、大地が揺れる。土煙が舞い上がった。

今のは手応えがあった。

行ける……このまま押し切ってやれるはずだ。ヨルネスのガチガチカウンター特化のスキルは厄介だが、ステータスのない奴の行動は応用が利かない。

俺は受け身に特化したスキルはないが、応用の利くものを複数種持っているため対応力があり、作戦を立てやすい。ステータスがある分、ゴリ押しで攻撃を通すこともできる。

その点、ステータスで大幅に劣るスキル頼りのヨルネスは、完全に作戦勝ちして俺の行動を封殺しなければ一方的なダメージを受け続けることになる。

完全物理カウンターのアバドンは攻撃力特化のアポカリプスでは不利かと思ったが、むしろ突破手段の多い俺の方が有利なくらいかもしれねぇ。

このまま押し切ってやる……！

6

ヨルネスのカウンター戦法は崩せる。仮にステータスの近い同ランク帯であれば対処不可能だったかもしれねぇが、素早さの差でゴリ押しできそうだ。

攻撃力だけでなく魔法力でも勝っているため、一発一発でしっかりダメージが通っているのも大きい。多少『ルイン』の被弾覚悟で動いても、削り合いで押し勝つことができる。

手に入れてから初めて『ワームホール』さんが役に立った。オリジンマター戦でいいようにやられた経験が活きた。もっともヨルネスくらいピーキーな相手じゃねぇと、あんまし実用性はなさそうではあるが……。

土煙の中、ヨルネスの双眸が怪しく輝くのが見えた。

その瞬間、身体が内部から引き裂かれるような激痛が走った。内側からの衝撃に押し出されるように口から体液が溢れ出る。

ヨルネスのダメージ共有スキル、『エンパス』だ……！

カウンター搔い潜ってダメージを与えても、結局この不可避の攻撃でお返ししてくるのが性質《たち》が悪すぎる。

ここに『ルイン』が飛んでくると対応が苦しい。一旦背後へと退き、『自己再生』と『竜の鏡』で外傷を治癒した。

思ったより重いダメージが飛んできた。ダメージを与えても与えた分だけ返してくる。本当にこれ、ステータスやスキル構成次第では簡単に詰みかねねぇ相手だ。

ただ、俺にとって重いダメージだったということは、ヨルネスにもそれだけダメージが通っているということだ。

タフさなら俺の方に分がある。このまま行けば、順当にＭＰを削り切れる！

『エンパス』の仕様上、自分よりダメージを受けている相手にはダメージを与えられない。

実際に何度もくらって、あのスキルの性質が概ね見えてきた。恐らく『最大ＨＰから現在のＨＰを引いた値』を『既に受けているダメージ』として扱い、自分が相手よりもダメージを負っていた場合にその差分のダメージを与えるスキルなのだ。

俺のＨＰを好き放題に減らすことはできても、最大ＨＰでヨルネスに勝っている俺をあのスキルで倒しきるような真似は絶対にできねぇはずだ。

馬鹿みたいに厄介なスキルではあるが、性質はこれで理解できたはずだ。ヨルネスには速さがないため、相手の戦法を理解した上でそれを対策して潰せば安定して有利を取ることができる。アポカリプスには充分それができる。

相手の魔法攻撃を避けつつ、カウンタースキルが追い付かないようにタイミングをズラした同時攻撃でダメージを稼いで消耗を強いる。

ＨＰ差が開けば『エンパス』でダメージを負って回復を迫られるため、対策に回復のタイミングも考えて俺とヨルネスのＨＰを常に管理し続ける。

簡単なことじゃねぇのは確かだが、決して不可能なことではない。

絶対に倒し切ってやる……！

『……あ？』

土煙が晴れたとき……そこには、アポカリプスを模した大きな石像があった。

アバドンと同じく青白い石材が用いられている。瞳だけは怪しく、赤い光を放っていた。

ただ姿を変えたってだけのわけがない。これは……。

【特性スキル『天使の鏡』】

【視認した相手の姿と、その攻撃力と素早さを得るスキル。】

【変動するステータスに応じて消耗するＭＰが決定する。】

【また、姿を変化させるスキルの消費ＭＰを大幅に引き下げることができる。】

対象と同じ攻撃力と素早さになるスキル!?

アバドンは他のスキルも散々インチキ臭いものばかりだったが、これはその中でも頭一つ抜けたとんでもスキルだった。

アバドンの唯一の弱点が、攻撃力と素早さの低さなのだ。そこが補われたら話が変わっちまう。

ただでさえ魔法攻撃も強いのに、こうなっちまったら手が付けられるわけがねぇ。

消費ＭＰが変動するとはいえ、相手のレベルやランク関係なくステータスを奪うのはヤバ過ぎる。

ゴリゴリにカウンター特化スキルに恵まれてやがった癖に、それが効かなかったときの保険まで持ってやがるのか。ここまで厄介な奴は本当に初めて見た。

「**グゥオオオオオオオオオオオオッ！**」

ヨルネスが吠える。石造りの翼が、まるで生き物そのもののように羽ばたいて宙へ浮かび上がった。

しょ、消耗MPはさすがに激しいはずだ！　距離を取って持久戦を強いれば、すぐにバテてくれる……というより、そこに賭けるしかねぇ！

俺は身体を翻し、ヨルネスとは反対方向へ飛んだ。

「**グゥオオオオオオッ！**」

一直線にヨルネスが飛んで追ってくる。

やはり消耗MPは激しいらしく、動き方に迷いがねぇ。これまでとは違い、速攻で俺を仕留めてやるという意識が見えた。

『鈍重な身体』の特性スキルがあったのでアポカリプスの間も遅くなってくれるんじゃねぇかと期待したのだが、どうやら今は速度半減になってくれていないようだった。

元々ベルゼバブやワールドトレントなど、明らかに機動力を欠いた外見の魔物が持っているスキルだった。あのアバドン本来の姿でなければ『鈍重な身体』の素早さ半減ペナルティは発動しないのだろう。

　そして最悪なことに……今のヨルネスは、俺よりも速かった。

〖ドッペルペイン〗と〖エンパス〗のコンボで押し付けられた毒と呪い、麻痺の状態異常の差だった。アバドンの姿を相手取っていたときには状態異常の動きにくさなど大した問題ではなかったのだが、同ステータス対決に持ち込まれた以上、この差は誤魔化しようがなかった。

〖自己再生〗を過剰に用いてどうにか状態異常を軽減こそしているが、すぐには完治できそうにない。どんどんヨルネスが距離を詰めて来やがる。

　考えろ、俺！　激しいMP消耗以外に欠点がなかったら、最初から〖天使の鏡〗を使って速攻で決めにきていたはずだ。それをしなかったということは、何か他に弱点があるはずだ。

　そのとき、目前に虹色の球体が浮かび上がった。

〖ルイン〗を俺の前方に置いて、逃げ道を塞いで来やがった……！

『〖ミラーカウンター〗！』

　俺は即座に自分と〖ルイン〗の間に光の防壁を展開し、そのまま壁を蹴って別方向へと素早く転換した。

　背後で虹色の光が爆発する。上手く爆風に乗るように再加速したが、さすがに追ってくるヨルネスを振り切るには至らなかった。

『くそっ！』

　俺は我武者羅にヨルネスへと〖次元爪〗を放つ。奴の石の体表に傷が入った。

ダメージは通ったようだが、異様に打たれ強い。まるで動きが止まらなかった。

ただ、今のでわかった。ヨルネスは『天使の鏡』の発動中……完全物理反射スキル、『因果の鏡』を使えないのだ。

いや、アバドンの姿でないときは『因果の鏡』が発動しない、と考えた方が恐らくは正確か。『因果の鏡』の発動時、アバドンの背負っている鏡の表面が光を放っていた。完全物理反射にはあの鏡が必要なのだろう。

さすがに高速で迫ってきてぶん殴りながら、完全物理反射まで搭載している、なんて馬鹿げたわけではないようだ。

『天使の鏡』の変身はＭＰ消費も激しいはずだ。おまけに最大の強みである『因果の鏡』も捨てることになる。

凶悪なスキルではあるが、ヨルネスが『天使の鏡』に頼ったということは、俺が彼女を追い詰めているということの証明だ。

ここさえ凌ぎ切れば、ヨルネスを倒すことができる。

もっとも、完全物理反射がなくなったとはいえ、ヨルネスはＨＰも防御力も高い。おまけに打たれ強そうであるため、下手に殴っても即座にぶん殴り返されるのは見えている。

この分の悪い中で、上手く殴り勝っても『エンパス』でダメージを押し付けられる。

かといって近接戦を避けても、『ルイン』の弾幕と『ミラーカウンター』が待っている。本当に厄介この上ない。

『搦手《からめて》のデパートみたいな奴め！　何が天使だ！』

背後から飛来してくるヨルネスを俺は尻目に確認する。さっきの急転換から再加速は間に合わない。距離はどんどん狭まっていく。

〖ヨルネス・リーアルム〗
種族：アバドン
状態：スピリット、天使の鏡
Ｌｖ　：150/150(MAX)
ＨＰ　：7501/9802
ＭＰ　：3752/6253

あれだけやってまだ折り返し地点にさえ遠く到達してねぇのは悲劇という他ないが、それでもＭＰは着実に減ってきてはいる……。

クソ、『天使の鏡』さえなければあのまま削り切ることができそうだったのに！

せいぜい削れたのは四割程度……。

このまま持久戦で『天使の鏡』による消耗を誘うのはさすがに厳しいか？

俺が苦しいのと同様に、ヨルネスも俺を倒しきるのにＭＰが持つかどうかは瀬戸際のはずだ。

あの四千近いＭＰがなくなるまで逃げ続けるのは不可能でも、二千か千でも削ることに成功すれば、ヨルネスからしてみれば相当苦しい状況に陥る。今のＭＰが、ヨルネスが残ＭＰを気にせずにスキルを連打できる限界のラインではある。

粘れるギリギリまで逃げに徹してみるしかねぇか。

ヨルネスのＭＰが減れば『天使の鏡』の維持はできなくなるし、『詠唱返し』で魔法スキルをコピーしても満足に扱うことができなくなるはずだ。

こっちもまだ見せてねぇスキルはいくらでもある。全力で逃げ切って、奴のＭＰを消耗させてやる。

俺は身体を翻し、迫りくるヨルネスへと向き直った。俺は『竜の鏡』で前脚の形を変える。

『『アイディアルウェポン』！』

手の形に変化した俺の前脚へと光が宿る。『アイディアルウェポン』……自身の望む武器を造り出すスキルだ。


【通常スキル『アイディアルウェポン』】

【自身の理想の武器を夢の世界より持ち出すことができる魔法スキル。】

【性能は魔法力とスキルレベルの高さに大きく依存する。】

【使用中は持続的に魔力を消耗する。】

【術者の手元から離れたとき、この武器は消滅する。】

俺が望むのは、大盾だ。

俺の巨体を丸々守れるような、そんな大きな盾が欲しい。手の先の光が赤く、色濃く染まり、それは質量を伴う物質へと変化する。

【『黙示録の大盾』：価値L＋（伝説級上位）】

【『防御力：5000』】

【世界を終わらせる竜の体表と牙を用いて作られた大盾。】

【その悪しき魂が封じられており、攻撃した者は地獄の炎に包まれる。】

赤黒い、巨大な盾が俺の手許に現れた。

盾には禍々しい悪魔の顔や、髑髏《どくろ》が彫られている。アポカリプスに進化してから初めて使うが、とんでもねぇ強さの大盾だ。

『いくぞ、ヨルネス！』

俺は大盾を突き出しながらヨルネスへと迫る。

大盾でヨルネスの攻撃を防ぎながらぶん殴り、死角から更に爪で追撃する……そうヨルネスに思わせるのが、俺の作戦の第一段階であった。

俺は大盾に身を隠すように身体を縮め……そのまま『竜の鏡』を用いて、更に身体を小さくした。

ベビードラゴンの姿へと変化する。

〖アイディアルウェポン〗に意味がないのはわかっている。ヨルネスの〖レジスト〗で掻き消されるだけだし、それで対処されればこっちのＭＰ消耗の方が遥かに高い。

わざわざ使ったのは、俺の意図を直前まで誤魔化すために他ならない。それに加えて、足場作りのためである。

俺は〖黙示録の大盾〗の背後へと足を掛けると、そのまま勢いよく転がった。

『〖レジスト〗』

ヨルネスの魔法で、俺の〖アイディアルウェポン〗が無効化され、〖黙示録の大盾〗が掻き消される。俺はベビードラゴンの姿のまま翼を広げ、〖転がる〗の加速を乗せてヨルネスの前脚の下を抜けた。

今ヨルネスが取っているのは、俺のアポカリプスの姿だ。死角は自分が一番よくわかっている。ましてやヨルネスは、今の姿になってからたかだかものの数分である。

ヨルネスは反応できなかった。完全に一瞬遅れてから爪を振るい、俺を振り返る。

してやったぜ……！

〖竜の鏡〗で体格を変化させても、素早さは変化しない。

〖アイディアルウェポン〗で意図を誤魔化して姿を隠し、不意打ちで〖竜の鏡〗で小さくなって〖転がる〗で最高速度を出して死角を駆け抜ける。

危うい賭けだったが、見事に引っ掛けることができた。

『竜の鏡』を『自己再生』の補助以外で見せたのは今のが初めてだし、『アイディアルウェポン』も『転がる』もヨルネスにとっては初見だ。まず反応できないだろうと思っていた。

絶対に二度目は通らないだろうが、こうやってヨルネスの意表を突いていくしかない。

ヨルネスのカウンターを潰せる方法を見つけたから安定して消耗させられ続けるはずだ、というのは大間違いだった。

ヨルネスの手札は多い。まだ隠し玉を持っていやがるはずだ。

だが、それは俺も同じことだ。こっちだって、まだまだ見せていない手札はある。

伝説の聖女相手に、安定した消耗戦なんざ通じるわけがなかったんだ。消耗戦だとしても、一手一手が全力勝負だ。

「グゥオオオオオオオオオオッ！」

ヨルネスの咆哮が響く。振り向かずとも、風の動きでヨルネスがこちらを振り返って加速し始めたのがわかった。

俺は『竜の鏡』を解除して元の姿へと戻る。

鱗もステータスもないベビードラゴンの姿で『ルイン』をぶっ放されたら大事《おおごと》だ。掠っただけで致命傷になる。

『追って来やがれ、ヨルネス！』

ジリ貧だが、俺が苦しいのと同様にヨルネスも苦しいはずだ。

『天使の鏡』状態のヨルネス相手に、無策で正面対決に出るのは分が悪すぎる。とにかく今は、焦らして焦らして、ヨルネスの消耗と隙を待つ……！

7　ーミリアー

イルシアさん達に助けられて窮地を脱した私達は、トレントさんと共にリドム宮殿へと戻っていた。イルシアさんとヨルネスの戦いの余波が、どういった形で襲い掛かって来るのかもわからない。トレントさんは、戦いが終わるまで私達を守ってくれるといっていた。

……ただ、そうした私達の前に、大きな障害が現れていた。

「悪魔の手先を神聖なるリドム宮殿に入れるなど、絶対にならん！」

左右にぴょんと跳ねた印象的な口髭に、陰険そうな隈のある目許。リドム宮殿に入ってすぐの通路にて、ドゴン司祭が数名の僧兵達を率いて現れて私達の前に立ちはだかっていた。

彼らにはこれまでの簡単な経緯を説明したのだが、取り付く島もなかった。

アポカリプスは悪しき邪竜である、ヨルネス様を支持する、魔物は宮殿に入れないというのが彼らの主張である。

「……ドゴン司祭、そもそも貴方は地下牢に入れておいたはずだが。なぜ外へ？」

メルティアさんが引き攣《っ》った顔で尋ねる。

ドゴン司祭は『聖都の民ならば喜んでヨルネス様にその魂を身体を捧げるべき』というとんでもない思想の下《もと》に宮殿内で暴動を起こそうと目論んでおり、彼の部下よりその密告を受けて地下牢へと隔離していたはずなのだ。

それが避難所の主要な人間がヨルネスへの攻撃に出向いていた間に、いつの間にやら外に出てしまっている。

「黙示録の竜が現れたから我々を導いて欲しいと、民らが頼って来たからである！　聖女様が無意味に民を虐殺しているわけではなかったと、皆がようやくわかってくれたのだ」

私は額を押さえた。

「私も気が動転して、過ちを犯したのは認めよう！　ヨルネス様は人類の救済のために天使へ転生されていたわけではない！　黙示録の竜を倒すための戦士を募っていたのだ！」

……似たようなことを口にしていた人が他にもいたが、もしかして聖神教の人達は皆同じことを考えているのだろうか。

「ヨルネス様に矢を突き立てた上に、悪魔の手下を連れてくるとは愚かしい！　妄言も程々にするのだな！」

自分の顔が引き攣るのを感じていた。あなたに言われたくはないのですが、という言葉を私は必死に呑み込む。

しかし、今となってはドゴン司祭の考えに共感している教徒が多いのも事実なのだろう。だからこそ、一度部下に裏切られて投獄されたドゴン司祭が、わざわざ牢の中から出されるという事態になっているのだから。

それだけ此度の一連の事件は、聖神教の教徒達にとって受け入れがたいことだったのだ。

「逆に問いたい！　ミリア殿よ！　なぜあなた方は、そのような悍ましい姿の者を何の疑いもなくここまで平然と連れて来られたのか！」

ドゴン司祭がトレントさんを指差す。

トレントさんは左右を見た後、そうっと後ろを確認する。それから遠慮がちに私へと顔を上げた。

『……私の姿って、そんなに悍ましいですかな？』

むしろ外見に迫力がなかったことがドゴン司祭が付け上がっている要因の一つなのではなかろうか。

私はそう思ったが、敢えて口にはしないことにした。

ドゴン司祭が思い込みの激しい人なのはわかっている。もしかしたら彼の目には、トレントさんが何か恐ろしい悪魔のようなものに見えているのかもしれない。

「皆さんも、同じ考えなんですか？」

彼と話をしても埒が明かない。私はドゴン司祭の背後に並ぶ人達へと声を掛けた。

「ド、ドゴン司祭の考えには筋が通っています。逆にそれ以外に、現在の状況に説明のつく話がありますか？」

答えた僧兵は、迷いのある、泣きそうな目をしていた。説明できることならしてほしいと、そう懇願しているようでもあった。

きっと彼らは、聖都リドムの大災禍を前に、自分を納得させ安心させてくれるものを探しているのだ。その末に縋ったものが聖神教の教典だったとして、それはとても責めることはできない。

ただ、その答えは私だって知りたい。不安と恐怖で押し潰されそうなのは、私やメルティアさんも同じことだろう。

「その魔物は、今より私達が成敗する！　ミリア殿らよ、手を貸さぬというのならば、貴殿らも聖神教の敵であると見做《みな》すぞ！」

ドゴン司祭一派がトレントさんへと武器を構える。トレントさんは、オロオロと周囲を見回していた。

『ア、アロ殿、どうしますかな？　……おっと、アロ殿はいないのでした』

……や、やっぱり、アロさんにも付いてきてもらった方がよかったかもしれない。トレントさんには悪いが、ちょっとこうした場面では頼りなく見えてしまう。

「邪悪な魔物め！　私の魔法の一撃を受けるがよい！」

ドゴン司祭が大杖を構える。

『む、むぐっ……！』

トレントさんがびくりと身体を震わせた。

「はああ、〘フィアスフィア〙……！」

「ま、待ってくださいドゴン司祭！」

私が止めるべく前に出た、その瞬間だった。

突然トレントさんの身体が輝いたかと思えば、周囲の壁と天井を突き破り、宮殿内に巨大な大樹が現れた。

ごく一部しか姿が見えないため、全長は計り知れない。その大樹に跳ね飛ばされたドゴン司祭が、壁に背を打ち付ける。

「おぶっ！　ま、魔物め、真の姿を現したな！」

直後、大きな爆音が鳴った。

トレントさんの向こう側に、虹色の光が見える。光に呑まれた宮殿の壁が砕け散り、粉になって消滅していく。

これはヨルネスの魔法……〘ルイン〙だ。外ではイルシアさんとヨルネスが相当派手に戦っているようだった。恐らく、その流れ弾が飛んできたのだ。

トレントさんの奥に、地面が巨大な半球状に削り取られているのが見えた。巻き込まれていれば、ほぼ間違いなくこの宮殿も無事では済まなかったはずだ。

トレントさんは、アロさんを捜してさっき周囲を見回したときに、窓の外に〘ルイン〙の光が見

えたのだろう。

「わ、わざわざ私達の盾になるために、元の姿に戻ったというのか……？　私達は、お前を討伐しようとしていたというのに」

ドゴン司祭が困惑したようにそう零す。

大樹が光に包まれ、また元のトレントさんが現れた。

背中の周囲が、真っ赤に焼け焦げている。トレントさんがその場に倒れた。

「トレントさん、その怪我……！」

『さすがに余波だけとはいえ、なかなかですな……。油断しておりました。しかし、この程度のダメージ、すぐに治癒できますのでご心配なく』

さすがのドゴン司祭も、弱ったトレントさんを前に動けずにいるようだった。ただ呆然とその場に立ち尽くしている。やがて彼についていた僧兵が、一人一人、自分の持っている武器を床へと落とした。

「ドゴン様……やはり私には、その魔物が悪しき者だとは……。この聖都を攻撃しているのも、明らかにヨルネス様です」

僧兵の言葉に、ドゴン司祭も力なく手にした大杖を下げる。

「だとしたら、私は……私は、何を信じればいいというのだ……？」

ドゴン司祭が弱々しい、消え入るような声でそう口にした。

そこからは、トレントさんが宮殿内にいることを咎める声は出なくなった。

8

ヨルネスが『ルイン』を放つ頻度が下がって来た。『天使の鏡』を維持しながら『ルイン』を放つのはＭＰ消費が痛いのだろう。

俺がスライムとの戦いで既に『ルイン』の対処に慣れていたこともあり、我武者羅に撃っても仕方ないと判断したのかもしれねぇ。何にせよ、ヨルネスが残ＭＰを意識せざるを得ない状況になってきているのは間違いない。

ヨルネスの石の身体は打たれ強いため、ダメージを与えても反撃を避けることが難しい。おまけに上手くやったとしても『エンパス』でお返しされてこちらが消耗することになる。ならば、逃げて『天使の鏡』でＭＰを消費させた方が圧倒的に分があるはずだ。

幸いさっきのベビードラゴン作戦のお陰で距離を稼ぐことはできた。

もう少し距離が縮まるまでは逃げに徹して、また追い付かれそうになったら『ミラージュ』なり『竜の鏡』なりを駆使して死ぬ気でやり過ごしてやる！　汚い戦い方だが、『天使の鏡』の変身能力にまともに付き合うのは無理だ。

……しかし、あまりに『ルイン』を撃ってこない。

『魔法規模拡大』で強化した『ルイン』を進行方向に撃たれただけで真っ直ぐ逃げられなくなるため、そうした妨害を絶対に挟んでくるはずだと対処法を必死に考えていたのだが。何か、他のスキルを仕掛けてくるつもりか？

俺が背後を確認したとき、ヨルネスの身体を中心に、黒い魔法陣が展開されるのが見えた。

アレは……重力系!?

『『グラビディメンション』』

その瞬間、辺り一帯に黒い光が走り、空間が捻じれた。そうとしか表現のしようがない現象が起きた。俺の身体が捻じれに挟まれ、激痛が走る。

脱出を試みるが、身体は僅かにしか前進しない。体表が剝がされ、絞られるように体液が流れる。

び、びくともしねぇ……！　つーより、筋肉と『自己再生』で押し返さないと、半身引きちぎられちまいそうな勢いだ。

何だこの馬鹿げた規模と威力は。

【通常スキル『グラビディメンション』】
【重力の塊で空間そのものを歪める。】
【莫大な魔力を消耗するが、空間の捻じれそのものを武器とするため、攻撃面においても防御面においても絶大な威力を誇る。】

スキル説明じゃピンと来なかったが、リリクシーラの『グラビリオン』の更に上位版みてぇだ。

威力も拘束力も高い上に、範囲が全く読めない。恐らく『魔法規模拡大』も使っていやがるんだろうが……。

しかし、このスキルのMP消費が少ないわけがない。

今まで使ってこなかったのに、なんで残りMPが厳しくなってきて『ルイン』でさえ絞っているはずのこのタイミングで使って来やがったんだ？

動けない俺へと、ヨルネスがドラゴンの爪を振りかぶりながら迫ってくる。

ようやく『グラビディメンション』の拘束が緩んだが、回避が間に合うわけもなかった。俺はほぼ無防備にヨルネスの攻撃を受ける形になった。

ヨルネスの爪が、俺の身体を引き裂く。

「グゥッ……！」

一撃が馬鹿みたいに重い……！

アポカリプスの馬鹿みたいに高い攻撃力を、自分の身体でまともに受けることになった。

体勢が立て直せねぇ！　『自己再生』だけじゃ間に合わねぇ！

MP管理なんていってる余裕はもはやない。とにかく今は、一瞬一瞬、次の刹那を生き残ることに全力を費やすしかない。

俺はとにかく背後に引きながら、『自己再生』と『ハイレスト』を併用しつつ、翼と前脚を防御に用いるべく身体を丸めた。容赦ない二撃目の爪が、俺の翼と前脚を貫通する。

俺は敢えて抵抗せず、その衝撃に殴り飛ばされて距離を取り、勢いに乗って翼を広げた。大急ぎで『ハイレスト』と『自己再生』を駆使して回復し、『竜の鏡』で身体の損壊を誤魔化して身体能力を維持する。

ギリギリで立て直せたが、あんなスキルぶっ放してくるんじゃ話が変わってくる。

〖イルシア〗
種族：アポカリプス
状態：毒(小)、呪い(大)、
麻痺(小)
Ｌｖ　：105/175
ＨＰ　：4453/10386
ＭＰ　：1662/8405

今の回復で一気にＭＰを持っていかれちまった。全回復した上で急いで肉体を修復して飛行速度を保つには、どうしてもＭＰが千以上は必要になって来る。

一瞬気を緩めればあのままＨＰをゼロにされてたんだ。ＭＰを節約しつつ、なんて言っていられる余裕はなかった。

だが、あんな凶悪なスキルでの拘束の維持……ヨルネスだって膨大なＭＰを支払ったはずだ。

『天使の鏡』の維持だって、いくらなんでもそろそろ厳しくなってきたはずだ。

〖ヨルネス・リーアルム〗
種族：アバドン
状態：スピリット、天使の鏡
Ｌｖ　：150/150(MAX)
ＨＰ　：9433/9802
ＭＰ　：1321/6253

やっぱりヨルネスもはやＭＰが底を尽きかけている。いや、むしろヨルネスの消耗の方が大きかったのかもしれねぇ。

『天使の鏡』の維持が怪しくなって、このままでは殺しきれないとわかって焦って『グラビディメンション』を放っただけだ。

今の『グラビディメンション』は、ヨルネスの最後の足掻きのようなもの……いや、本当にそうだろうか？

恐らくヨルネスは、まだ『グラビディメンション』をもう一発撃てるくらいのＭＰは充分残しているはずだ。

対して俺は『グラビディメンション』を受けた時点でヨルネスから連撃をもらうことがほぼ確定するので、また一方的に攻撃を受け続けながら回復を続けることになる。

回復に集中して極力ＨＰ最大状態を保たなければヨルネスの連撃を受けきれないため……『グラビディメンション』を安全にやり過ごすためには、回復スキルの併用と連打を迫られる。

先程と同じ受け方をすれば、恐らく俺の今の残存ＭＰは全て消し飛ぶ。そうなればギリギリで生きて逃れたとしてもまともに回復できなくなった上で、アバドン状態の完全物理無効ヨルネスを相手にすることになる。

もしかしてこの状態……既に詰んでいるのか？

ヨルネスはなぜか凶悪なスキルであるはずの『グラビディメンション』をここまで見せてこなかった。

発動前の隙が大きいようなので一方的に攻撃できる隙……たとえば今のように俺が逃げに徹しているときにしか安全に発動を通せないのだろうが、それでも『天使の鏡』を戦闘初期から発動しておけば、もっと使用できるタイミングを確保できていたはずだ。

その理由を俺は疑問に思っていたが、今ようやくわかった。

最初から『グラビディメンション』の威力を見ていれば、俺は徹底して対『グラビディメンション』に特化した戦い方をしていただろう。

ヨルネスからしてもMP消耗の激しいスキル。何度も見せて、対策を練られることを嫌ったのだ。

俺のスキルと戦い方を探って、『グラビディメンション』の拘束から逃れられるようなスキルを持っていないかを確認していた面もあったのだろうが。

加えてヨルネスはカウンター特化であり、相手のステータスや戦法に依存するスキルが多く、対象を最終的に仕留めきるのが難しいのだ。

決定打になり得る『グラビディメンション』はトドメのために終盤まで伏せておきたかったのかもしれない。

『因果の鏡』で俺の出方を窺って、『天使の鏡』で同ステータスでの力押しに出てきて、俺のMPが減るのを待っていた。

そうして『グラビディメンション』二発で仕留められるだけ相手が疲弊する状況になるのを待っていたのだ。

ここまでヨルネスの動きに上手く対応できていると思っていた。だが、しかし、その認識は間違いだったのかもしれねぇ。ヨルネスは最初から、自身の戦法に付き合わせてずるずると俺のMPを消耗させること自体が目的だったのだ。

ということは……間髪を容《い》れずに、もう一発来るはずだ。

ヨルネスからして見れば、間隔を空けて俺に猶予を与える理由がない。

本当に『グラビディメンション』二発で俺を倒しきるのが目的であれば考える時間は与えたくないはずだし、それに何より先のヨルネスの猛攻から回復するために距離を取った俺は、絶好の『グラビディメンション』のカモだからだ。

急いで攻撃に出て『グラビディメンション』の初動を潰すか？

いや、打たれ強い石の身体を持つヨルネスに対してそれは得策ではない。ここから距離を詰め直してスキル発動の妨害が間に合うとは到底思えない。

大急ぎで距離を取るか？

状態異常の分、動きは向こうの方が速い。どれだけ策を講じても、あの大規模な『グラビディメンション』の範囲から逃れられるとは思えない。

何か、何か……打開策があるはずだ。

『『グラビディメンション』』

ヨルネスの言葉と共に、俺の周囲の空間が歪み始めた。

9

ヨルネスの『グラビディメンション』が来やがった。

さっきみたいに拘束からのアポカリプスの攻撃力をコピーした連打が飛んで来やがったら、とてもじゃないが俺のＭＰが持たない。

仮に生き延びても、ＭＰがなければ完全物理反射のアバドン状態のヨルネスを絶対に倒せなくなる。ここで対処を誤ったら終わりだ。

だが、同時に、ここはチャンスでもあるはずだ。ヨルネスとて、ＭＰはもうほぼ底を尽きかけている。

ここさえ凌げば、もう『グラビディメンション』は撃てなくなる上に、消耗の激しい『天使の鏡』の維持もできなくなる。

完全にこの『グラビディメンション』に対処できるかどうかが勝敗を分ける。

『ワームホール』は間に合わねえ。座標を指定してゲートを作るのに時間が掛かり過ぎる。元よりヨルネスに追われている、一か所に留まれない状態でゲートを準備するのは無理だった。

『竜の鏡』で小さくなったり大きくなったりしても、あの空間の歪みから逃れるのは不可能だ。

一度受けたからこそはっきりとわかる。『グラビティ』を使って急降下しても、とてもじゃないが『グラビディメンション』の範囲から逃れられそうにねぇ。

『アイディアルウェポン』は対応力が高いが、さすがにこの状況を打破してくれるような装備があるとは思えない。

避けられないなら『グラビディメンション』で拘束されてから、突っ込んでくるヨルネスを返り討ちにする？

無理だ。どう足掻いても圧倒的に不利な状態で衝突することになる。そもそもこちらは『ドッペルペイン』の状態異常のマイナス分、身体能力で後《おく》れを取っており、挙げ句の果てにヨルネスにはあの石の身体の打たれ強さまである。

魔法スキルで返り討ちにするにも『レジスト』と『ミラーカウンター』がある。拘束されてから悪足掻きで放っても確実に対応される。

ふと、そのとき……一つの考えが降りてきた。

いける……この状況、この瞬間に限り、ヨルネスの思惑を崩して大ダメージをお返ししてやれて、かつ『エンパス』のダメージ共有からも逃れる方法がある。

俺が先に力尽きねぇか、ヨルネスを倒せるかどうかは半々ってところだが、ここまで追い込まれた状態でそれだけ勝算が取れるなら上出来だ。

「グゥォオオオッ！」

俺は『グラビティ』を発動して急降下しつつ、捉えられにくいように側転して軌道をズラし、変則的な動きで回避を試みた。

だが、前回より『グラビディメンション』の規模が大きい。逃れられず、巨大な空間の歪みが俺を捕まえた。

……恐らく『魔法規模拡大』に用いるMPの出力をさっきよりも上げていやがる。全く同じスキルを連打しても対処されると考え、変化の余地を残しているんだな。相手に安易に自分のスキルに慣れさせない、上手い使い方だ。

元より、こんな小細工で『グラビディメンション』から逃げられるなんて期待はしていなかった。問題はここからだ。

ヨルネスも『グラビディメンション』の拘束の維持はかなりのＭＰを消耗する。そのためヨルネスは拘束すればすぐに、無防備に俺へと真っ直ぐ、最短経路で突っ込んでこざるを得ない。特にヨルネスは、ここの攻撃を失敗して『グラビディメンション』が無駄撃ちになれば、もう後がないはずだ。相手だって別に余裕のある状況じゃあねぇ。

仮に多少不審な点や疑問があっても、立ち止まらずに近接攻撃を仕掛けざるを得ない。それは大きな隙になる。

さっきと今は、同じようで状況が大きく違う。ヨルネスにＭＰ的な余裕がないということは、『詠唱返し』を警戒する必要がないということだ。アポカリプスの強大な魔法スキルを縛る必要はもうない。むしろＭＰの嵩む大技ほどコピーされちまっても構わないくらいだ。ヨルネスの動き方も、ここからどう仕掛けたいのかも既に分かっている。

飛び込んで来やがれ、ヨルネス。今度は俺が、お前の直前攻撃にどでかいカウンターを叩き返してやる番だ。

俺は魔法をすぐ発動できるように、黒い魔法陣を展開する。ヨルネスが俺の魔法陣に反応し、ぴくりと僅かに翼が傾いた。

ヨルネスは『レジスト』か『ミラーカウンター』、こちらの出方を見てどちらを発動するべきか考えているようだ。

俺はギリギリまでヨルネスを引き付ける。すぐに発動しては駄目だ。ヨルネスが絶対に引き返せない、逃げられないところまで接近させる。

ヨルネスの巨軀がすぐ目前まで近づいてくる。腕を少し伸ばせば、すぐにでも爪を用いた白兵戦が始まっちまいそうな間合いだ。

だが、まだだ……まだ引き付ける。ヨルネスが俺への攻撃のため、爪を振り上げるその瞬間まで溜める。

タイミングが重要だ。刹那の狂いが、勝敗を決する。俺もヨルネスも、互いにここをしくじれば自身が敗れることは理解している。

ヨルネスの持つ二つの魔法カウンタースキル、『レジスト』と『ミラーカウンター』。無効か反射、ほぼ同じようで使用用途が少し異なる。

俺が見るに、『レジスト』の利点は発動の速さだ。迫って来る魔法を近距離で咄嗟に打ち消すことができる。

ただ、あまり規模の大きい魔法を消しきれるようには見えない。たとえばミーアの『エクリプス』は極太の闇の光線を射出し続けるスキルだが、あの手のスキルは、仮に『レジスト』で消し続けても、それが追い付くとはとても思えない。光線の前部分を消しても、すぐその後ろの光線の直撃を受けるだけだろう。

対して『ミラーカウンター』の利点は、指向性を持ったスキルにめっぽう強い点だ。即効性に若干欠けるが、『レジスト』とは違い、大規模なスキルにも対応しているといえる。全体を打ち消さなくても、一方向だけ光の壁で覆って、自分の身体だけ守ればいいからだ。もし完全に防げなかったとしても、威力を抑えることができる。

だが、『レジスト』と『ミラーカウンター』による魔法対策には、使い分けをしてもどうにもならない、両方のスキルに共通している弱点がある。それは規模が大きく、かつ指向性を持たないスキルに対しては効果が薄い点だ。

『『ヘルゲート』ォ！』

黒い魔法陣が広がり、俺を中心に周囲一帯が黒炎に包まれる。突然展開された地獄の業火が、俺とヨルネスを同時に包み込む。

【通常スキル『ヘルゲート』】
【空間魔法の一種。今は亡き魔界の一部を呼び出し、悪魔の業火で敵を焼き払う。】
【悪魔の業火は術者には届かない。】
【最大規模はスキルLvに大きく依存する。】
【威力は高いが、相応の対価を要する。】

この規模の魔法であれば、俺が動けなくても関係ない。使用者に炎のダメージは通らないため、自分ごと巻き込んで扱えるのが幸いした。

『ヘルゲート』は発動が遅い上にＨＰとＭＰ双方を消耗するためコストとリスクの高すぎるスキルではあるが、ヨルネスの方が突っ込んでこざるを得ない状態であれば強烈なカウンターとして機能する。

　指向性を持たず、その空間丸ごとを攻撃手段とする『ヘルゲート』を前に、一方向からの魔法攻撃を遮る『ミラーカウンター』は無意味であった。仮に『魔法規模拡大』で強化したとして、自身の全身を一瞬で覆い尽くして守るようなことはできないだろう。

　そして『レジスト』を使って目前の黒炎を少し消したところで、別の方面から黒炎が襲い来るだけだ。どちらのスキルも『ヘルゲート』に対する対策にはならない。

「グゥッ……！」

　ヨルネスは身を引こうとしたが、既に俺に対して爪を振るっている。

　もう止まれない。俺は減速した爪の一撃を敢えて胸部で受け止め、すかさずその前脚へと爪と牙を立てた。

『捕まえたぞ……！』

　黒い炎が、巨大な骸の巨人の群れを象り、ヨルネスを囲んでいく。

　骸骨を象る黒炎の巨人が、多方向からヨルネスへと伸し掛かるように倒れていく。石像の身体が焼き尽くされていく。

「**グゥォオオオオッ！**」

ヨルネスが咆哮を上げながらもがき、どうにか俺の拘束から逃れようとする。俺は暴れるヨルネスの前脚をがっちりと牙で押さえ付けたまま、爪でぶん殴ってやった。ヨルネスの顎が砕け、石片が飛び散った。

俺も〖ヘルゲート〗の消耗のせいでもう限界が近かった。ここで簡単に引き剥がすわけにはいかない。

ヨルネスは前脚の爪を、至近距離から俺の額へと突き付けた。その爪先に怪しい光が宿る。これはヨルネスお得意のスキルだ。

『〖エンパス〗』

身体の内側から焼け付くような痛みが走る。

お得意の〖エンパス〗で〖ヘルゲート〗で受けたダメージを返して、俺が策と攻撃を通した分の優位性を潰し、かつこのダメージで俺の隙を作って拘束から逃れるつもりらしい。条件さえ整っていれば、体勢が悪くとも致死ダメージを即座に叩き込めるとは、改めてとんでもねぇスキルだと再認識させられた。

だが俺は牙を喰いしばって堪え、ヨルネスを睨み返した。

『残念だったな、ヨルネス』

〖ヘルゲート〗は俺のＨＰとＭＰを消耗させて発動するスキルだ。

当たり前ではあるが、魔法スキルによって与えられるダメージと、その発動時に消耗するＭＰは概ね比例する。だが、『ヘルゲート』はＨＰもコストにしている分、他のスキルよりも与えられるダメージが高い。別に通常であればだからどうしたという程度の話なのだが、今回の戦いに限っていえば特別な意味を持つ。

『エンパス』は既にＨＰの減っている相手にはまともにダメージを与えられない。『ヘルゲート』がＨＰをコストにしている以上、『エンパス』でダメージを返して俺の消耗を誘うことも、その衝撃で隙を作ることもできないのだ。

ヨルネスの『レジスト』と『ミラーカウンター』を潰してくれていたことといい、奴の切り札だった『グラビディメンション』に対するカウンターになっていたことといい、『ヘルゲート』は綺麗にヨルネス対策となっていた。

俺は前脚で握り拳を作り、ヨルネスの顔面を真っ直ぐに撃ち抜いた。ドラゴンの頭部が完全に砕け、ヨルネスの全身に亀裂が走る。

俺が牙で押さえていた前脚が捥《も》げたことで、ヨルネスが俺の拘束から解放された。首から上のない、四肢のバラバラになったアポカリプスの石像が宙へと投げ出される。俺の『ヘルゲート』の維持が同時に途切れた。

俺は肩で息をしながら『自己再生』で回復する。
滞空を維持しつつヨルネスの残骸を睨む。俺も『ヘルゲート』の反動と、ヨルネスの『エンパス』のせいで、身体がほとんど限界だった。

だが、さすがのヨルネスもこれでもう限界のはずだ。先程の二度目の『グラビディメンション』の時点でＭＰをかなり吐き出しちまっていたはず。ＨＰを充分に回復するだけのＭＰももはや怪しいだろう。そうなれば、スキル頼みのヨルネスには、もう何もできない。

ヨルネスの身体が光に包まれる。

大きな頭部に、片翼の翼、そしてレリーフに悪魔の装飾が施された鏡、背負った大きな車輪。アポカリプスを模した姿が、元のアバドンへと戻った。『天使の鏡』による変身ももう維持できなくなったようだ。

〖ヨルネス・リーアルム〗
種族：アバドン
状態：スピリット
Ｌｖ　：150/150(MAX)
ＨＰ　：1443/9802
ＭＰ　：297/6253

〘天使の鏡〙によるステータスの大幅な強化もついに失った。さすがのヨルネスも、こうなっちまったら何もできねぇだろう。

回復さえ充分にできないＭＰだ。〘因果の鏡〙による完全物理耐性はあるが、アバドン状態では速度が致命的にない。そして俺の方は、魔法スキルでチクチクと攻撃する程度のＭＰは充分に残っていた。

ヨルネスのＭＰは、せいぜい数発〘ルイン〙を放って、それで完全にお終いだ。もしＨＰの回復に回したとしても、絶対に俺の魔法攻撃によるダメージの方が上回る。

それとももしくは、悪足掻きの魔法カウンターに出てくるのか……。どちらにせよ、片方しかできない時点で簡単に詰ませることができるだろう。

俺はしばらくヨルネスと睨み合ったが、ヨルネスに動く気配はなかった。

どうやらヨルネスは自分から攻めるつもりはなく、俺の魔法攻撃へのカウンターに残りのＭＰを割くことにしたようだ。それとも或いは、俺に攻撃させ、その隙を突くように〘ルイン〙でもお見舞いしてくるつもりなのか。

今更そんな、作戦ともいえない作戦に引っ掛かるわけもないが……。

『〘カースナイト〙！』

俺は呪いの騎士を生み出す。

騎士は宙を駆け、大きく円を描くような動きでヨルネスへと接近していく。ヨルネスはまるで動きを見せない。

俺は『カースナイト』がヨルネスの死角へと回り込んでいるのを眺めながら、次の魔法攻撃の準備をした。

『グラビドン』は必要ない。『ホーリースフィア』で充分だろう。

『カースナイト』と『ホーリースフィア』で挟み撃ちにして、確実にヨルネスのＨＰをゼロにする。

『『ホーリースフィア』！』

白い光球がヨルネスへと直進する。

大きく回り込む『カースナイト』と、正面から迫っていく『ホーリースフィア』。片方を防いだとしてもこれで終わるはずだ。

ヨルネスはどちらも防がなかった。『カースナイト』と『ホーリースフィア』が各々に爆ぜ、ヨルネスが双方の爆風に包まれる。

これでようやく終わった……と俺は安堵したが、経験値取得メッセージは訪れなかった。爆風の中から、原形を保ったままのヨルネスが滞空した状態で現れた。

……さすがにあの状態から魔法スキルの挟撃を受ければ、たかだか千程度のＨＰは確実に吹っ飛ぶはずだ。

ヨルネスは奇妙なスキルを大量に抱えていた。どうやらその内の何かを発動したようだ。

〖ヨルネス・リーアルム〗
種族：アバドン
状態：スピリット、不滅
Ｌｖ　：150/150(MAX)
ＨＰ　：1/9802
ＭＰ　：272/6253

状態は……不滅？

こんな特殊状態は初めて目にする。だが、確かに、ヨルネスの特性スキルにそれらしいものはあった。

【特性スキル『不滅の儀』】

【ＨＰがゼロになる攻撃を受けた際、1を残して不滅状態になる。】

【不滅状態は急激にＭＰを消耗する代わりに、あらゆる状態異常を受け付けず、また魔法攻撃によるダメージを無効化する。】

【発動間は一切の移動ができなくなり、ＭＰが0になるまで解除することはできない。】

致死ダメージに対してＨＰを1残して生き残りながら、あらゆる魔法攻撃への完全耐性を得るスキル……。

多少重めの制約があるとはいえ、魔法攻撃に対する完全耐性というだけで、かなり悪用の利きそうな怪しいスキルであった。特にヨルネスは、物理攻撃を完全に反射するスキルを持っているのだ。これで奴は物理攻撃の完全反射と、魔法攻撃への完全耐性を手に入れ、あらゆる攻撃によるダメージを遮断したことになる。

だが、このスキルにさして意味があるとは思えねえ。ただでさえＭＰは風前の灯火の状態であり、すぐに『不滅の儀』は途切れるはずだ。そもそもこのスキルのデメリットのせいで、自身の移動を縛ることになる。

別のスキルは発動できるにしても、とても脅威には思えない。俺は距離を置いて放置するだけでヨルネスを完全に無力化することができる。文面通り受け取れば、数分も経たない内にヨルネスは【HP：1】、【MP：0】になるはずだ。

……まぁ、それだけで終わってくれるわけはねぇよな。この手のスキルが、本当に無意味なものであった例しなんざ今まで一度だってなかった。

ガタリ、とヨルネスから音が響いてきた。

何かと思えば、ヨルネスの背負う大きな車輪が、ぎこちない動きで回転を始めた。それはすぐに滑らかな回転になり、速度が上昇していく。

10

アバドンの背負う巨大な車輪の回転。そのスキルの正体はすぐに見つかった。

【通常スキル『因果車』】
【因果を司り、人の業を裁く奈落の王の権能。】
【二十四時間以内に自身へダメージを与えた対象へと、そのダメージの合計分の値のダメージを与える。】
【『因果車』によるダメージは軽減することができない。】
【発動には長い時間を要する。】

同時に『不滅の儀』の意図もわかった。『因果車』の発動を確実に通すためのスキルだったのだ。

ヨルネスの最大ＨＰは一万近くある。『因果車』の発動を許せば最後、最低でも三万……最悪五万近いダメージが飛んでくることになる。

今まで俺は色んな魔物を見てきたが、俺のＨＰ最大値が最高値である。それでもせいぜい一万と少しだ。耐えられる魔物がこの世界にいるとは思えない。

徹底して陰湿な戦法を取って来るヨルネスだったが、まさか切り札にこんな爆弾まで抱えていやがったとは。

物理反射スキルと魔法反射スキルに加えて、ダメージ共有スキル。

耐性貫通の状態異常付与。

強化された避けにくい遠・中両用の魔法スキル。

ほぼ不可避の行動阻害スキル。

弱点を補うステータスコピー。

挙げ句の果てに数で攻められても『エンパス』での露払いができる。

これだけでもこれまで見た中で最悪のスキル構成の持ち主だったのに、完全不可避の致死ダメージ付与スキルまで持っていやがった。おまけにダメージ軽減無効付きという、全耐性貫通かつ特殊スキルによる生き残りを許さない徹底ぶりである。

どう考えても、普通に戦ったら絶対ヨルネスには勝てないようになっている。

なんて底意地の悪いステータスだ。もしゲームでこんな敵が出てきたら、間違いなく能力の全貌を把握する前に匙を投げている。

ヨルネスは以前アイテム説明で目にしたときからあまり印象がよくなかったのだが、やっていたことの善悪はさておき、相当捻くれた性格をしていやがったんじゃなかろうか。

車輪の回転する速度が増していく。それに合わせて青白かったコルネスの全身が、発熱するように真っ赤に染まっていく。

何をどう攻撃しても無駄だ。ＭＰが尽きるまではヨルネスの不滅状態は解除されない。ダメージを与える術はない。

そして恐らく、不滅状態が解除される前に『因果車』が炸裂する。ヨルネスには絶対に勝てないようになっているのだ。

俺は前脚を伸ばし、その先を『竜の鏡』で手の形へと変える。

『【アイディアルウェポン】』

俺の手中に光が集まって来る。一本の、赤黒い巨大な刃が現れた。

【『黙示録の大剣』：価値Ｌ＋（伝説級）】
【『攻撃力：＋６６６』】
【世界を終わらせる竜の体表と牙を用いて作られた大盾。】
【その悪しき魂が封じられており、斬られた者は地獄の炎に包まれる。】

盾と同様に、柄に禍々しい悪魔の姿が彫られていた。刃にも血管のような不気味な模様が施されている。

『不滅の儀』と『因果車』のコンボは凶悪だ。

抜け道はなくはないだろうが、討伐難易度は一気に引き上がる。恐らくひたすら与ダメージを抑えてＭＰを消耗させることに集中しつつ、どうにか複数体で挑んで『因果車』のダメージを頭数で割るのが現実的な戦法になるだろう。

だが、あるスキルを使えば、『不滅の儀』と『因果車』のコンボは簡単に崩せる。

【通常スキル『闇払う一閃』】

【剣に聖なる光を込め、敵を斬る。】
【この一閃の前では、あらゆるまやかしは意味をなさない。】
【耐性スキル・特性スキル・通常スキル・特殊状態によるダメージ軽減・無効を無視した大ダメージを与える。】

俺は『黙示録の大剣』に魔力を込める。刃に光が宿っていく。

ヨルネスの車輪がどんどん加速し、全体が真っ赤な光を帯びていく。俺はヨルネスの目前まで飛び、大剣を静かに構えた。

『闇払う一閃』は剣が込められた魔力で重くなるためどうしても大振りになるのだが、ヨルネスは『不滅の儀』と『因果車』のために全く動けなくなっている。

『今度こそ……これで終わりだ、ヨルネス』

刃を振るう。ヨルネスは俺の『闇払う一閃』を正面から受けた。

岩の身体の全身に細かい罅が走る。

【経験値を１１８５００得ました。】
【称号スキル『歩く卵Ｌｖ：－－』の効果により、更に経験値を１１８５００得ました。】
【『アポカリプス』のＬｖが１０５から１３１へと上がりました。】

ヨルネスの身体が砕け散った。

アバドンの人頭部分の顔が崩れ、その加減のせいで無表情な石像の顔が、一瞬穏やかな笑みを浮かべたように見えた。

ヨルネスの鏡や背負っていた車輪、大きな人頭の残骸が宙に舞い、それらは光の粒となって、まるで空気に溶けるように消えていった。

この都市を包んでいた巨大な結界がぐわんと歪んで、薄れて消えていく。

ようやくヨルネスを倒すことができた。

あんな恐ろしく厄介なステータスだったんだ。きっと何千年と、誰にも討伐されずに残っていたことだろう。

『闇払う一閃』は、称号スキル『勇者』のレベル最大で得ることができたスキルだ。そして恐らく、そこ以外では入手する術はない。

俺は『魔王』の称号スキルも持っているが、こちらはまともにスキルレベルが伸びていない。恐らく人間か魔物のどちらかに肩入れするか、意図的に伸ばそうと尽力しなければ、スキルレベルの最大まで伸ばすことは難しいのだ。

俺は『聖女』と『魔獣王』の称号スキルは持っていないが、リリクシーラはこのどちらも有していた。この称号スキルは恐らく神聖スキルに付随するが、最初に手に入れた二つの神聖スキルに付随する称号スキルまでしか得られないのかもしれない。奇妙で不自然なルールに思えるが、何かしら意味のあるものなのだろうか？

神聖スキルとこの手の称号スキルの関係は、いまいちチグハグで捉えどころがなかった。元々神聖スキルは、何か別の役割を持っていたようなことが書かれていた。もしかして、流用して強引に今の形にしてしまったせいで、何か不自然なルールを持つことになったのか？

……この辺りを突っ込んで考えるには、今の俺には、まだまだとても情報が足りているとは思えなかった。

ただ、これで何となくわかったことがある。

ヨルネスは彼女の啓示石によれば、当時から自分がいずれ神の操り人形にされることをわかっていたようだった。

ヨルネスのステータスは、これまでのどの魔物と比べても、明らかに異質なものであった。あそこまで徹底して偏ったステータスには、何か意図のようなものを俺は感じてしまう。たまたま身を任せて進化して、あんな尖ったスキル構成になるものだろうか？

……もしかしたら彼女は、戦い方に対応力があって、かつ『勇者』のスキルレベルが最大の相手に自分を倒してもらいたかったんじゃなかろうか。

『勇者』のスキルレベルが最大であるのならば、人間に肩入れしている存在である可能性がかなり高くなるはずだ。これは俺の『魔王』のスキルレベルが育ち切っていないことからも裏付けられる。

そして戦いの対応力があって、かつ『闇払う一閃』のスキルを所有していれば……アバドンのような、特殊な防御スキルで勝ちの目を完全に握り潰されるようなことはなくなる。

神の声が半端なステータスやスキル構成をしているとは思えない。それに、きっと真っ当には戦ってこない。行動を制限してくるようなスキルや、万が一の際にダメージを帳消しにできるようなスキルを持っていてもおかしくはない。

だとすれば……『勇者』のスキルレベルを伸ばしている者でなければ、神の声に勝てる方法がそもそもないのかもしれねぇ。

ヨルネスはせめて自分にできるせいいっぱいの抵抗として、あの偏ったスキルの魔物へと進化したのではなかろうか。

あながちただの考え過ぎだとは思えない。啓示石を見るに、ヨルネスは相当な切れ者で、かつ神の声を討伐する方法を本気で模索しているようだった。

『お前の想いと覚悟は俺が引き継ぐぜ、ヨルネス。だから、安心して眠っててくれ』

俺は小さく頭を下げた。

11　―ミリア―

リドム宮殿内にて。

避難のために宮殿に集まっていた人の多くは、『ルイン』の爆風によって開いた壁の大穴の許へと集まってきていた。

本当ならば安全のために、こんな大穴から極力離れた、宮殿の奥にいた方がいいのだろう、とは思う。

　この宮殿には地上階層より化け物の襲撃を受けにくそうな地下階層もあるのだ。あちらであれば最悪『ルイン』の流れ弾が宮殿に対して飛んできても無事で済むかもしれないという見立てもあるのだし、実際避難民の内の数割は今もそちらに隠れている。

　だが、何せ大空では、聖都の……いや、恐らくは世界の命運を決めるであろう、伝説の聖女と黙示録の竜の戦いが繰り広げられているのだ。

　もしかしたらこの戦いの勝敗によっては世界が滅ぶのかもしれない。そう考えれば、皆、宮殿奥地に隠れて、ただ時間が過ぎていくのを待っている気にはなれなかったのだ。そして、私もその一人だった。

　しかし、皆、どちらを応援すればいいのかわからないようだった。

　明らかに異形の化け物と化した伝説の聖女ヨルネス様と、一見私達を守ってくれたように見える黙示録の竜。

　誰もがただただ不安そうな顔で、大空の戦いの行方を見つめている。

「グゥオオオオオオッ！」

　ヨルネスは一時は追い込まれていたように見えたものの、今はアポカリプスを模したような竜の姿へと変化し、機動力を得てイルシアさんを圧倒していた。ひたすら守りに徹しながら魔法攻撃を放っていたところから一転、今は逆にイルシアさんを追い掛ける側へと回っている。

イルシアさんはそんなヨルネス相手に防戦一方がせいいっぱいといった様子であった。

「おお、見よ、ヨルネス様が圧しておられるぞ！」

ドゴン司祭が空を見つめながらそう口にする。

「ドゴン司祭、あなたまだ、そんなことを……！」

私は思わずドゴン司祭へと杖を構えた。

ドゴン司祭は、先程トレントさんに命を救われ、考えを改めたところだったはずなのだ。だというのに、少し自分の危機が落ち着いたらまたこれである。

皆、状況が全く摑めず、どちらを応援すればいいのかさえわからないから、黙って見守っていたのだ。私だって、手放しでイルシアさんを応援したかったけれど、そうした人に配慮して口には出さないようにしていた。

ドゴン司祭も混乱しているのだということはわかっているし、こんなことに腹を立てても仕方ないと自分に言い聞かせていた。しかし、さっきのことからまだ半刻と経っていないのにこの言動は、さすがにあんまりであった。

「わ、私は聖神教の教徒である！　聖女様を信じずに何を信じろというのだ！　私はそこの木偶《でく》の悪魔に対しても、心を許したわけではない！　ただ、抗っても無駄だとわかったから刺激しないようにしているだけである！」

「ミリア、やはりこの御仁は地下牢に籠っていてもらった方がよさそうだな。元より暴動を企てていた奴を今野放しにしている状態がおかしいのだ」

　メルティアさんも殺気立った様子でドゴン司祭を睨む。

　アポカリプスの部下を自称しているトレントさんがこの場にいるのだ。ドゴン司祭が内心で勝手に信条に従ってヨルネスを応援するのは結構なことだが、声に出して彼の機嫌を損ねたらどうするつもりなのか。

　今なお聖女ヨルネスを信じるために、彼女のこれまでの凶行にどう説明を付けたのか教えて欲しいところだ。

『私に気を遣ってくださっているのでしたら結構ですよ。皆さん、さぞ不安なことでしょう。そのようなことで、喧嘩をなさらずとも』

　トレントさんは、主の戦いを見守りながら、ぽつりとそう口にした。ドゴン司祭はバツが悪そうな表情を浮かべる。

「……あなたにとって、イルシアさんは大切な方なのですよね？　トレントさんは悔しくないんですか？　さっきも身体を張って助けてくださったのに……。命懸けで戦っているイルシアさんに対して、目の前であんな、馬鹿にするような言葉を吐かれて……」

　私はつい、口を挟んだ。

『勿論私とて、思うところがないわけではありませんが、主殿ならきっとそう口になさるでしょうからな』

トレントさんは迷いなくそう言った。ドゴン司祭は数秒の間、呆気にとられたようにトレントさんの背を見つめていた。そのドゴン司祭の肩を、ラッダさんが叩く。

「ドゴン様、何を信じればいいのか何もわからなくなってしまった、というお気持ちはわかります。私もこれまで信じていたものを、一体ここ数日だけで何度打ち砕かれてきたことか……。何をして何を考えればいいのやら、もうさっぱりですよ。ですけれど、こんな状況だからこそ、目の前で起きていることを信じましょうよ」

「目の前で起きていることを……だと？」

ヨルネスがアポカリプスの姿を得てから、戦況はずっと一方的であった。

イルシアさんはヨルネスの攻撃をまともに受け、距離をおこうとしてもあっという間に追い詰められ、見たこともないような大規模な魔法で攻撃され……。

その様子は痛ましくさえあった。

だが、イルシアさんはそれでもまるで諦める様子を見せず、牙を喰いしばり、ヨルネスと対峙し続けている。ただ世界に害をなそうと目論む邪竜が、あんな顔をするわけがない。

ドゴン司祭だって、フラットに見ればわかるはずだ。

聖地に結界を張って災禍を齎したヨルネスと、そのヨルネスに立ち向かっていくアポカリプス。

ただ、ドゴン司祭は、これまで信じてきたものが完全に瓦解するのが恐ろしいのだ。だから最後の一線を、自分で摑んで強引に繋げてしまう。

大空では、イルシアさんがヨルネスより一方的な攻撃を受けて血塗れになりながらも、懸命に抗っているところだった。

『〖グラビディメンション〗』

ヨルネスは私がこれまで見たこともないどころか、想像もできなかったような強大な魔法を放った。黒い光が急速に広がり、範囲内の全てを滅茶苦茶に歪めていったのだ。その被害は大空の一帯……半径百メートルほどにも及んでいた。

「こ、こんな大魔法、神話や伝承でだって聞いたことがない……！　ヨルネス様の魔法は、この世界の在り方さえ歪めてしまうというのか……？」

ラッダさんが呆然とそう口にしていた。

イルシアさんは空間の歪みに挟み込まれるように囚われて拘束された。動けなくなったイルシアさんを、ヨルネスが禍々しい凶爪で身体の肉を抉っていく。あんな大きな、禍々しい爪に好き放題に引き裂かれて、無事で済むわけがない。

「がっ……頑張れ、アポカリプス！」

教徒の一人がそう口にした。

「貴様っ！　聖神教教徒の身で、なんということをっ！」

ドゴン司祭がムッとした表情で彼を振り返る。

「そ、そうだ！　聖地を滅茶苦茶にしたヨルネス様を止めてくれ！」

「負けないでくれ！」

「あいつはもう、きっとヨルネス様じゃないんだ！」

堰き止めていたものが崩れたかのように、教徒達が口々にそう叫んで、空に飛ぶ黙示録の竜を応援する。

ドゴン司祭は黙って彼らを睨んでいたが、やがて表情を和らげ、深く溜め息を吐いた。その後また顔を上げ、大空の戦いへと再び目を向ける。憑き物が落ちたかのような顔をしていた。

それから決着がつくまでに、長い時間は掛からなかった。

一層激しくなる魔法の撃ち合いに、殴り合い。両者共限界が近づいているのは、見ていて明らかであった。

やがてヨルネスはアポカリプスの姿から、異形の彫像へと姿を戻す。

背負う巨大な車輪が回り、不吉な予感が聖都内を包み込んだ。

ヨルネスは何か仕掛けるつもりのようだった。それもこれまでとは比べ物にならない、更なる大きな災いを。ヨルネスは最後の切り札でイルシアさんを仕留め切ろうとしているのだと、見ていてわかった。

イルシアさんは、ヨルネスを正面から睨む。巨大な剣を手許に生み出して直進していき、ヨルネスを斬った。

ヨルネスの全身に罅が入った。

悪魔の鏡が砕け、大きな車輪がバラバラになり、最後には人頭が崩れ落ちる。全てが粉々になって宙に舞い、まるであの不吉な化け物が夢か何かであったかのように、さっと光の粒となって消えていった。

都市を覆っていたヨルネスの結界が消えていく。

「勝った……イルシアさんが！」

廃都と化していた聖都の隅で、大きな歓声が沸き起こった。

第4話　次の戦いへ

1

ひとまず神の声の『スピリット・サーヴァント』の内の一体、聖女ヨルネスを無事に討伐することができた。

聖女ヨルネスこと奈落の王アバドンは、伝説級上位ではなく、ただの伝説級であり、アポカリプスである俺よりも一つ下のランクの魔物ではあったものの、ステータスの数値以上に恐ろしい奴だった。他の『スピリット・サーヴァント』の三体は、あんなクソ戦法を取ってくるようなことはないことを祈っている。

せめてリリクシーラが命懸けで守ろうとしていた聖国を守ってやりたかったが、それは叶ったとは言い難い惨状であった。この都市は一面、廃墟の山と、ヨルネスの生み出した例の奇妙な姿の化け物の亡骸に覆われている。

俺は自身の状態を確かめるため、改めてステータスをチェックした。

〖イルシア〗
種族：アポカリプス
状態：毒(小)、麻痺(小)
Ｌｖ　：131/175
ＨＰ　：1068/12237
ＭＰ　：98/9904
攻撃力：10578
防御力：5837
魔法力：6971
素早さ：6782
ランク：Ｌ＋(伝説級上位)

神聖スキル：
〖人間道:Lv--〗〖修羅道:Lv--〗〖餓鬼道:Lv--〗〖畜生道:Lv--〗〖地獄道:Lv--〗

特性スキル：
〖竜の鱗:Lv9〗〖神の声:Lv8〗〖グリシャ言語:Lv3〗〖飛行:Lv8〗〖竜鱗粉:Lv8〗
〖闇属性:Lv--〗〖邪竜:Lv--〗〖HP自動回復:Lv8〗〖気配感知:Lv7〗
〖MP自動回復:Lv8〗〖英雄の意地:Lv--〗〖竜の鏡:Lv--〗〖魔王の恩恵:Lv--〗
〖恐怖の魔眼:Lv1〗〖支配:Lv1〗〖魔力洗脳:Lv1〗〖胡蝶の夢:Lv--〗

耐性スキル：
〖物理耐性:Lv6〗〖落下耐性:Lv7〗〖飢餓耐性:Lv6〗〖毒耐性:Lv7〗
〖孤独耐性:Lv7〗〖魔法耐性:Lv6〗〖闇属性耐性:Lv6〗〖火属性耐性:Lv6〗
〖恐怖耐性:Lv5〗〖酸素欠乏耐性:Lv6〗〖麻痺耐性:Lv7〗〖幻影無効:Lv--〗
〖即死無効:Lv--〗〖呪い無効:Lv--〗〖混乱耐性:Lv4〗〖強光耐性:Lv3〗
〖石化耐性:Lv3〗

通常スキル：
〖転がる:Lv7〗〖ステータス閲覧:Lv7〗〖灼熱の息:Lv7〗〖ホイッスル:Lv2〗
〖ドラゴンパンチ:Lv4〗〖病魔の息:Lv7〗〖毒牙:Lv7〗〖痺れ毒爪:Lv7〗
〖ドラゴンテイル:Lv4〗〖咆哮:Lv3〗〖天落とし:Lv4〗〖地返し:Lv2〗
〖人化の術:Lv8〗〖鎌鼬:Lv7〗〖首折舞:Lv4〗〖ハイレスト:Lv7〗
〖自己再生:Lv6〗〖道連れ:Lv--〗〖デス:Lv8〗〖魂付加《フェイクライフ》:Lv6〗
〖ホーリー:Lv5〗〖念話:Lv4〗〖ワイドレスト:Lv5〗〖リグネ:Lv5〗
〖ホーリースフィア:Lv5〗〖闇払う一閃:Lv1〗〖次元爪:Lv7〗〖ミラージュ:Lv8〗
〖グラビティ:Lv8〗〖ディメンション:Lv8〗〖ヘルゲート:Lv6〗
〖グラビドン:Lv8〗〖ミラーカウンター:Lv8〗〖アイディアルウェポン:Lv9〗
〖ワームホール:Lv1〗〖カースナイト:Lv4〗〖リンボ:Lv4〗〖ディーテ:Lv4〗
〖コキュートス:Lv4〗〖終末の音色:Lv--〗

称号スキル：
〖竜王:Lv--〗〖歩く卵:Lv--〗〖ドジ:Lv4〗〖ただの馬鹿:Lv1〗
〖インファイター:Lv4〗〖害虫キラー:Lv8〗〖嘘吐き:Lv3〗〖回避王:Lv2〗
〖チキンランナー:Lv3〗〖コックさん:Lv4〗〖ド根性:Lv4〗
〖大物喰らい《ジャイアントキリング》:Lv5〗〖陶芸職人:Lv4〗
〖群れのボス:Lv1〗〖ラプラス干渉権限:Lv8〗〖永遠を知る者:Lv--〗〖王蟻:Lv--〗
〖勇者:LvMAX〗〖夢幻竜:Lv--〗〖魔王:Lv6〗〖最終進化者:Lv--〗

……本体であるヨルネスが消滅したためか状態異常から呪いはなくなっていたが、毒と麻痺がまだ少し残っている。

戦闘終盤ではヨルネスの『グラビディメンション』に『ヘルゲート』をお返ししてから主導権を握り返して上手くやったと思っていたが、予想外に俺のＭＰが削られていた。いつの間にやら、全体ＭＰの１％未満である。

俺はヨルネスの『不滅の儀』に対して『闇払う一閃』でダメージを通せると踏んで自信満々に対応していたが、『闇払う一閃』は強力なスキルである分、消費ＭＰがそれなりに高い。振り返って考えてみれば、あの場面で『闇払う一閃』を発動するためのＭＰが足りなくて、ヨルネスの『因果の鏡』と『不滅の儀』による完全ダメージ無効コンボを打破できず、『因果車』の発動を許してぶっ飛ばされていた可能性も充分にあった。

何かがほんの少し違っていたら、無様にスキルを空打ちして、『因果車』の五万ダメージを叩き込まれていたと思うとぞっとする。

何せアポカリプスの最大ＨＰ四周分以上のダメージである。俺どころか、余波でこの都市自体消し飛んでいたかもしれない。

戦闘中、ヨルネスはもっと『グラビディメンション』を主軸に俺のＨＰを削っていた方が堅実だったのではないかと俺は考えていたのだが、蓋を開けてみれば二発目の『グラビディメンション』に俺が完全に対応できて、その結果でこれだけ残りＭＰが僅差だったので、ヨルネスの動き方が一番勝ちを見据えた堅実な動き方だったのだろう。

そもそもヨルネスの『グラビディメンション』が相手を倒しきるためのスキルであるという、俺の考察が少しずれていた。

ヨルネスのスキル構成は、各種のカウンタースキルでチクチクと持久戦を強いて相手から受けた総ダメージを稼ぎつつ消耗を誘い、それが通用しなくなれば『天使の鏡』のステータスコピーと『グラビディメンション』で大ダメージを叩き込み、そして最後に疲弊しきった相手に『因果車』を確実に通すことに特化していたのだ。

戦い終わってからの結果を見直して初めて相手の正しさがわかると、どうにもすっきり勝った気分にはならなかった。

恐らくヨルネスは、自身の戦略を見抜いて打ち砕ける強者であれば神の声を討伐できるはずだと信じて、自身に勝った者を神の声の許に送りたかったのではないかと俺は思う。しかしその点で考えると、俺は本当に合格点に達していたのだろうか。

『まぁ……そんなこと、考えちまっても仕方ねぇよな』

神の声の奴は、俺が仕留める。それしかねぇんだ。

力が本当に及んでいるのかとか、及んでいねぇのかとか、そんなことはもう関係ねぇ。俺にできることを全部やるだけだ。

神の声のことは謎のが多いし、未だにあいつの正体が何なのかも、今一つ漠然としていて見えて来ねぇ。

　ただ、絶対に、この世界に残してちゃいけねぇ奴なんだ。それだけははっきりとわかる。

　投げ出して神の声の奴に迎合するには、俺は色んなことを知りすぎたし、色んな想いを背負い過ぎた。

　リリクシーラ、ミーア、ヘカトンケイル、ヨルネス……全員、人間が一生の内に抱えるには重すぎる覚悟を抱いて、それを俺に託していった。

「竜神さまっ！　無事に勝ちましたね！」

　三人のアロが俺へと飛来してきた。アロ達は空中で黒くなって混ざり、『暗闇万華鏡』を解除して一体へと戻り、俺の目前で滞空した。

『……思ったより手酷くやれちまったけど、伝説級上位じゃなかったのが救いだ。あのスキル構成でもし俺と同ランクだったら、絶対に勝てなかっただろうな』

「伝説級……だったんですね」

　そこでアロが、考え込むように口許に手を当てる。

　ふ、不安にさせちまったかもしれねぇ。これから強敵と連続で戦わねぇといけないのに、初戦のランク下の相手にこのザマだと不安に思われても無理はない。

『苦戦しちまったけど、その、独特なステータスの奴で……！』

「ち、違います！　少し考え事をしていただけですから！」

アロが慌てて手を振って否定する。

『それで……ミリア……保護してた彼女達は大丈夫か？』

「はい、避難所になっていた宮殿に連れて行って、トレントさんを残しています。私の方は都市中に残っていたあの奇妙な化け物を狩って回っていましたが、全員無事に片が付きました。あの化け物は隠れるような行動は取りそうにありませんでしたから、生き残りの撃ち漏らしはいないはずです」

『よくやってくれたアロ。後は……トレントさんを回収して、この地を去るだけだな』

その後は、また他の三体の『スピリット・サーヴァント』を捜して動くことになる。

候補の地はいくつか絞れている。あのクソ神の声のことだ。きっと俺に所縁《ゆかり》のある地を選んでくれていやがるだろう。

問題は、どこから回るか、という点だった。優先順位を付けなくちゃいけねぇ。

そして遅れたところは……きっと、その遅れた時間の分、大変なことになるだろう。

2

俺はアロを頭に乗せ、トレントが待っているであろう、避難所として扱われているらしい宮殿へと向かった。

……もっとも、今の俺は、聖国の人間が信仰している聖女ヨルネスを殺害した、世界を滅ぼすだの大仰に言い伝えられている黙示録の竜である。

印象が最悪なんてもんじゃねぇ。

聖女ヨルネスがこの地で神の声の下僕として散々暴れており、俺はそれを止めるために倒しただけだとはいえ、この前情報の差はあまりに大きいだろう。ロクな扱いを受けねぇことはわかりきっている。

事実、このリーアルム聖国の僧兵達は、俺が現れたことに対して大分パニックになっていたようだった。

トレントと無事に合流さえ果たせたら、さっさとこの地を離れることにしよう。もっとも、そうでなくても神の声の〖スピリット・サーヴァント〗の討伐は一秒でも時間が惜しいので、元よりそのつもりではあるのだが。

『……つーか、トレントは避難所先で上手くやれてんのか？　トレントには悪いが、そういうのを器用にできる奴だとはあんまり思えないっつうか……』

トレントが避難民達にどう説明したのかは知らないが、嘘を吐ける性格ではないし、機転が利く方でもない。

俺はそこもトレントの美徳だとは思っているのだが、トレントの性格だと本当に馬鹿正直に『アポカリプスは私の主ですぞ！』なんて言いかねない。聖神教徒達から袋叩きにされたり投獄されたりしてはいないだろうか。

「大丈夫……」

アロはそこまで言って、少し口籠る。

「……だといいんですけれど」

『ま、まぁ、死ぬようなことはねぇだろうけどよ』

僧兵百人が束になったって、ワールドトレント状態に戻ったトレントには掠り傷一つ付けられねぇはずだ。そういう面では、心配もいらないのかもしれねぇが……。

宮殿に近づくと、壁の一部が崩れて大穴が開いており、内部が露出していた。そして壁諸共、地面も巨大な半円球に抉れている。どうやらヨルネスの放った〘ルイン〙の流れ弾が一発こっちに飛んできていたようだ。

だ、大丈夫か、これ……？　ただの人間であれば、掠りでもすれば無事では済まないだろう。この一発でかなりの死者が出てたんじゃなかろうか。

なるべくヨルネスがこの付近に近づかないよう気を付けて動いていたつもりなのだが、俺もさすがに余裕がなかった。飛んできた〘ルイン〙がどこに向かって、どこに着弾していたのか、その全てを追えてはいなかった。

俺は高度を下げて、壁に開いた大穴に接近していく。その大穴から、大勢の人間達がこちらを見ていることに気が付いた。

「ア、アポカリプスが、こっちに来たぞ！」

「やっぱり敵意はないみたいだ！　俺達を助けてくれたんだ！」

「間違いない！　やっぱりあのドラゴンは聖都を守ってくれたんだ！」

壁の大穴の中からは、何十人という人間が集まって俺を見上げていた。

予想していた反応と違い、手放しの大歓声であった。

俺は大穴の前に呆然と突っ立っちまっていた。

……散々ビビられて、石か何か投げられるんじゃねぇかくらいに思っていたんだが。これはこれで照れちまって、俺は爪の先で頬を掻いた。

『主殿ーっ！　よくぞお戻りで！　このトレント、必ずや主殿が勝利するはずだと信じておりましたぞっ！』

トレントは翼をバタバタと動かしながらそう口にする。地面を蹴って飛び、俺の顔の横へと飛んできた。

「あの聖都を散々荒らしやがったヨルネスを、アポカリプスが倒してくれたんだ！」

「伝説の聖女だってずっと敬ってたのに、まさかあんな化け物だったとはな！」

「ほとぼりが冷めたら、奴の絵画も石像も全部ぶっ壊してやれ！」

俺を称える声に、ヨルネスを罵倒するものが交じっていた。

俺はつい、彼らへ目が向いた。

「お、おい、聖女様になんてことを。確かに聖都は荒らしてはいたが、しかし……そんな言い方は。それに、今となっては、アレが本当にヨルネス様だったかは……」

「現実を見ろ！　あの水色の髪も、虹の魔法も、間違いなくヨルネスのものだ！　あの外見で……あの魔法で、あれだけの強さの人間が、この世界に一体何人いる!?　俺が何度奴に関する文献を読んだと思っている！　不可解な言動が多かったとされてるが、やっぱりロクな奴じゃなかったんだ！」

「きき、貴様！　今、自分が何を言ったのかわかっておるのか！　聖神教司祭のこの私の前で、過去の聖女様を侮辱する言葉は許さんぞ！」

「何も言うなって言うのか！　俺はあいつに、母親も兄も殺されてんだよ！」

何やら剣呑な雰囲気が広がっていた。

……決してこの聖都襲撃は、ヨルネスの意志ではなかったはずだ。神の声がヨルネスを傀儡にして聖都を襲わせたに過ぎない。

ヨルネス自身は、神の声の意図を見抜き、奴に加担しないように、自分にできるせいいっぱいの抵抗をしようとしていたようだった。

未来の聖女達に向けた石碑を遺していたし、あれは実際、リリクシーラが神の声の真意に気が付くのに一躍買っていたようだった。そしてあのアバドン自体が、〖闇払う一閃〗を有する者……〖勇者〗でなければ神の声を討てないという、彼女からのメッセージだったように俺には思えてならなかった。

ヨルネスは自分が半永久的に傀儡として扱われるだろうことを受け入れ、その遥か先の未来を考えて、自分を殺して世界のために動いていた。だから俺には、そんな彼女を罵倒するような言葉は、あまり気分がよくはなかった。

だが、仕方のないことだ。聖国の民からしてみれば、突然復活したかと思えば、虐殺の限りを尽くして消えていったモンスターでしかないのだから。

何も分からないまま同胞を殺され、住居を奪われて。そんな彼らから、恨む対象さえ奪ってしまうというのは、あまりに酷なことに思えた。

きっと彼らに、神の声の計画と、この世界の歪な在り方、その全てを伝えて受け入れさせることはできやしないだろう。半端に俺がヨルネスを庇うために何かを伝えたとして、それは結局のところ、彼らを何を恨めばいいのかさえわからないような状況に追い込むだけだ。んなことをしたって、俺の自己満足でしかない。

ヨルネスはすげぇ立派な奴だった。俺はそう信じている。

きっと彼女ならば、半端な真実を広められるよりも、自身が恨まれることによって少しでも傷ついた民の心が癒えるのならば、後者の方を選び、喜んで泥を被るはずだ。ヨルネスのことは、俺が覚えておけばいいことだ。

『一つ確かめておきてぇことがあるんだが……アーデジア王国は、ここからどの方角へ進めば辿り着ける？』

俺は避難民達へとそう尋ねた。

このリーアルム聖国の位置を知るのに、アーデジア王国へ向かうための方角を尋ねるのが一番手っ取り早かったためだ。

アーデジア王国は、この世界ではかなりの大国である。それに、ここがリーアルム聖国であるというのならば、アーデジア王国からさして遠くはないはずであった。

王都アルバンでの魔王騒動の際に、リリクシーラが聖騎士団を率いてアーデジア王国までやってきていたのだから。

リリクシーラの〘スピリット・サーヴァント〙の片割れである聖竜セラピムはA級モンスターであったため多少距離が開いていてもどうにかなりそうだが、聖騎士の数を考えると彼らの大半は別の移動方法を取ったと考えるべきだろう。

蠅王ベルゼバブは……移動に使うには、ちっと難がある。元の姿ではA級上位の中では移動速度が遅いのもそうだが、あの外見では上に乗るのも難しいはずだ。

「ア、アーデジア王国ですか？　東の方へ進み、海を跨げば辿り着きますが……」

聖職者らしき男が、俺へとそう答えた。

『やっぱり東か……。ありがとうよ』

彼の言葉は、予想通りの答えであった。どうやら概ね俺の想定していた国の位置関係と差異はないらしい。

俺は以前、エルディアやアダムのいた最西の巨大樹島から、アーデジア王国の王都まで移動したことがある。

あのときにリリクシーラから、移動のために必要となる地図を見せてもらった。

リーアルム聖国はあのとき受け取った地図の範囲外ではあったようだが、リリクシーラはあのときの数日の間に一度聖国に帰国してから王都アルバンへ向かったはずなので、最西の巨大樹島とアーデジア王国の中間辺りには位置しているはずだと考えていた。

今の俺は、あのときよりも遥かに速い。方角さえわかればどうにかなるはずだ。

『そろそろ行くぞ、アロ、トレント。ゆっくり泊まって休みてぇのはやまやまだが、そんな悠長なことができる場合じゃねぇからよ』

『も、もう、発《た》たれてよろしいのですか？　あの宮殿の中には、主殿のお知り合いの方がいたようでしたが……』

トレントが俺へとそう尋ねる。

「イルシアさん！」

声が聞こえてきた。目を向ければ、ミリアの姿が見えた。

彼女がこの宮殿にいることはわかっていた。ミリアがアロと会ったのは今回が二度目なのだし、俺が俺だと察するだろうということもわかっていた。

色んな言葉が頭を回った。

だが、俺は数秒考えた後に、小さくミリアへと頭を下げた。

『……すまねぇ』

俺はそれだけ『念話』で小さく伝え、地面を蹴って飛び上がった。

トレントが慌てて俺の後を飛んでくる。トレントは最後に未練がましくちらりと宮殿を振り返り、翼をパタパタと振っていた。

『別れは済んだか、トレント。頭の上に乗ってくれ』

『は、はい、すぐに！』

トレントが必死に高度を上げ、俺の頭の上へと乗った。俺はぐんと風を切り、荒廃した聖都を後にすることにした。

「竜神さま……その、ここまで急がなくてもよかったのではありませんか？」

アロが俺へとそう尋ねる。

「せっかくその、珍しく……あそこの人達も友好的に接してくれていたわけですし……」

『……そうだな。今までは助けた相手から嫌われるようなことばっかりだったからよ。そらまぁ、素直に感謝されたのは、気持ちとしては嬉しかったぜ。でも今は、そんな勝利の凱旋してるような余裕はねぇからよ』

森のリトルロックドラゴン騒動では村と対立し、ハレナエでは勇者殺しの汚名を被ることになった。

　王都アルバンじゃ、協力関係にあったリリクシーラ率いる聖騎士団から裏切られて、こっ酷い扱いを受けたもんだ。

『だけどよ、大事なのって結局、大勢からどう思われるかじゃなくってよ、自分にとって大事な奴からどう思われるかだと思ったんだよな。そりゃ俺のことを知らねぇ奴が何を思っていたとしても、知らねぇんだからそいつから嫌われてたってよ、それって伝聞の中の俺であって俺じゃねぇと思うんだ』

　ヨルネスを罵倒していた奴らが見ていたものだって、その対象はあのときの聖都の民衆から見えていたヨルネスの姿であって、そういう意味では本物のヨルネスではないのだ。そしてそれは、彼らが崇拝していたヨルネスにしたって同じことである。彼らが崇めていたのは、数千年前の、記録として記述されているヨルネスなのだ。

　そりゃそんな遠い視点からの評価だって、嬉しいときも悲しいときもあるんだろうが、それそのものに必要以上に囚われる必要はねぇんだ。ヨルネスが悪しく言われている様子を聞いていて、俺はそういうふうに気付かされた。

　俺は大聖堂の啓示石からヨルネスの想いを知ったつもりであるし、実際に戦って彼女の残り香であるあのアバドンから、何かメッセージのようなものを感じ取ったつもりでいる。俺は俺の、この感覚と気持ちを大切にすればいいだろう。

『ミリア殿は、主殿と話したがっていた様子でしたが……』

『……みてぇだったな。でもよ、こっちも長々と話している余裕はねぇし、俺の扱いだって、あの都市であの後どうなるかわかったもんじゃねぇぜ。あそこじゃ持て囃《はや》してくれてたが、別の避難所もあるみてぇな様子だったからよ。そっちと意見が合うかは別の話だろ？』

あの都市の外の聖神教徒だって、きっと聖女ヨルネスが現れて虐殺を働いて、それをアポカリプスが止めただなんて、信じやしないだろう。そうなりゃ、俺と長話をしていたミリアにあらぬ疑いの目が向くようなことがあるかもしれねぇ。

俺自身、この先どうなるのかわからねぇんだ。神の声の野郎は、聖神教の教神でもある。俺はそいつをこれからぶっ倒しに行こうとしているんだ。

神の声の奴の采配次第では、とんでもねぇ極悪竜として、世界を敵に回すようなことになるかもしれねぇ。

俺がこれからすることとその結果に、何も知らないただの女の子であるミリアを巻き込むわけにはいかない。

『それによ、ミリアに謝って……誤解を解きてぇことがあったんだが……』

リトルロックドラゴン騒動の際、俺は厄病竜への進化のために、グレゴリーを殺すことになり、村の敵になった。優しいミリアは、そんな俺を庇おうとしていた。

だが、あの場で庇えば彼女まで立場を悪くしていただろうし、俺は既に村と決別する覚悟を決めていた。そこにミリアを巻き込むわけにはいかなかったから、俺は彼女に脅しを掛けて、あの場を去った。

今頃になって、せっかく再会したのだからそれを弁明したかっただなんて、女々しい話だとは思う。

『でもよ、言わなくても通じてるみてぇだった。そりゃ直接しっかり説明したかったけどよ、あれだけでも俺は、充分救われた思いだった』

ミリアは俺を全く疑っていない様子であった。

ミリアは俺の恩人で、大切な友達だ。少なくとも森で出会った頃は、ミリアも俺を同じくらい大切に想ってくれていたはずだ。

王都アルバンでの一件を経て誤解が薄れたこともあるのかもしれねぇが、本当に大切な人に対する評価ってもんは、ちょっとした風評や、誤解なんかで大きく変わることはないんじゃねぇかって、俺はふと、そんなふうに思えたのだ。

それだけで俺は満足だった。

そりゃしっかり伝えるに越したことはねぇと思う。だが、今はまだ、そのときじゃねぇはずだ。あの神の声さえ倒せば、そんな機会はいくらでも回って来るはずなんだから。

ミリアには悪いが、ちゃんと話ができるのは、元凶である神の声の奴との因縁が全部片付いて、それからだ。そうでなければ、彼女をどんな形で巻き込むことになるのか、全く想像さえつかねぇからだ。

悪いとは思ったが、神の声や俺のことについて、とてもまともにミリアに説明することはできない。それを教えた段階で、神の声に目を付けられる可能性だってある。だから俺は、一言謝ってあの場を去ることにしたのだ。

3

俺は海原の遥か上を飛んでいた。

リーアルム聖国のあった大陸は、既に水平線の遥か彼方へと消えてしまっていた。海の上を全速力で飛んでいると、昔より遥かに速くなったんだなと実感する。

ヨルネスとの戦いによる消耗からの休息を兼ねているとはいえ、悠長に移動しているわけにはいかなかった。こうしている間にも、各地で『スピリット・サーヴァント』は大暴れしているはずなのだ。

しかし、目的の大陸が見えてくる前に、次の『スピリット・サーヴァント』を討伐するため、どこへ向かうべきなのかを決めなければならない。

俺が先程アーデジア王国へ向かうための方角を尋ねたのは、この世界におけるリーアルム聖国の位置を知りたかったためである。真っ先にアーデジア王国へ向かうのかどうかは、また別の話であった。

ただ、アーデジア王国の王都アルバンは俺が訪れたことのある地だ。大国の王都でもあるし、神の声が狙うには絶好の場所であるだろう。

神の声が『スピリット・サーヴァント』を差し向けた可能性は充分にあるはずだ。そうした意味でも、向かう先の大きな候補の一つではある。

ヨルネスが襲撃に出向いていたリーアルム聖国は俺にとっては訪れたこともない国ではあったのだが、神の声がこの国を狙ったのは、リリクシーラが神の声との契約を破ったから、という建て前であったはずだ。

それについては、神の声の奴が直接口にしていたため間違いはない。

リリクシーラと神の声との契約の内容については、直接聞いていないまでも、だいたい想像がついている。恐らく神の声は、リリクシーラが自身に逆らえなくするために、リーアルム聖国への攻撃を脅しに使ったのだろう。

リリクシーラは俺に敗れたことで神の声からの命令を全うできなくなったのだろうが、しかし奴から見て充分に彼女は役割を熟したはずではあった。結局のところ、神の声にとって重要なことは、神聖スキル持ち同士が殺し合う、という部分であったのだから。その結果、リリクシーラが勝つのか俺が勝つのかには、さして興味はなかったはずだ。

そうした意味では神の声がリーアルム聖国を狙う理由はないはずだが、奴にはそんな理屈は通用しないのだろう。

あいつの性格の悪さは筋金入りだ。しかし、だからこそ、そこからあいつの狙う場所を逆算することもできる。

俺がこれまで訪れた場所……ミリアの村に、砂漠の国ハレナエ、リトヴェアル族の集落、最西の巨大樹島、王都アルバン、そして最東の異境地の六つである。そして人間のいない四大魔境の二つは『スピリット・サーヴァント』の襲撃先の候補から除外して考えていいだろうから、四つに絞られる。

この内の三か所が、あの神の声が『スピリット・サーヴァント』に襲撃させている場所だろう。そして規模から考えると、ミリアの村が襲撃を受けた可能性が最も低い。

細かい推理には誤りがあるかもしれねぇが、大枠としては外していないはずだ。

論理的に考えれば……真っ先に向かうべき場所は、ハレナエではないかと思う。海に面した大きな砂漠を見つければいいので、国を見失ってあらぬ方向へ飛んで行っちまった、なんて間抜けなことにならなくても済む。

そして、ハレナエはアーデジア王国と近い。ハレナエからアーデジア王国まで獣人の娘ニーナを送ったことがあるからわかる。ハレナエにさえ辿り着ければ、アーデジア王国へも迷うことなく進めるはずだ。

つまりハレナエへ向かえば迷う心配が要らず、かつ候補の地二つを素早く回ることができるのだ。

もしも二つの内の片方が『スピリット・サーヴァント』の襲撃先ではなかったとしても大幅なタイムロスにはならない上に、うまく行けば二か所の『スピリット・サーヴァント』を片付けることができる。

被害を少しでも減らすためには、ハレナエから向かうべきだ。

だが……それだけを目安に向かうわけにもいかない。

「グゥ……」

俺は牙を喰いしばる。

リトヴェアル族の集落はアロの出身の地であり、彼女の両親がいる場所なのだ。後回しにするわけにはいかねぇ。どうするべきなのか考えてはみたが、やはり、アロの故郷を蔑ろにするという選択肢はなかった。

人の生き死にに優先順位なんざつけるべきではないだろうし、つけたくもない。だが、目前に選択肢を突きつけられているのだ。

選ばなければならねぇ。

『……アロ、トレント。神の声の奴がどこを狙うつもりなのか考えてみたが……奴は、俺が一番嫌がるところに狙いを付けて来やがると思う。だからよ、まずは……』

どう説明するべきだろうか。アロに気を遣って移動先を変えたのが悟られれば、彼女としても心苦しいものがあるはずだ。

「竜神さま」

アロが俺の〘念話〙を遮る。

『なんだ？』

「森には……リトヴェアル族の集落には、私一人で行かせてください」

『なっ!?』

俺はアロの言葉を聞いて、衝撃のあまり、すぐには言葉を返せなかった。俺は必死に、アロへと投げかけるべき言葉を探しながら話した。

『わ、わかってんのか!?　向こうには今……神の声の、〘スピリット・サーヴァント〙がいやがるんだぞ？　歴代最強格の、神聖スキルの所有者だ！　最低でもオネイロスやタナトスみてぇな伝説級だ！　いや、伝説級上位の可能性だってあるんだぞ！』

そもそも伝説級であるヨルネスだって、スキルやステータスが独特過ぎることを危険視してアロを連れて行かなかったのだ。

そして実際、連れて行っていれば、アロもトレントも〘エンパス〙で瞬殺されていた可能性が高い。

〘スピリット・サーヴァント〙との戦いは、これまで以上に危険すぎるのだ。アロに犬死にするような真似は絶対にさせられねぇ。

「……もしかしたら、一矢報いることさえできずに殺されるかもしれない、なんてことはわかっています。でも……私のお父さんとお母さんが、あそこにはいるんです。私が行かないことで、二人が死ぬことになるかもしれません」

『俺が最優先でリトヴェアル族の集落へ向かう！』

「竜神さまには、別に向かわなければならない場所があるはずです。お願いです。お父さんとお母さんの許へは、私に向かわせてください」

『なっ、そんな……』

「犠牲が出るのは、どう足掻いてももう避けられないんです！　私だけ、半ば竜神さまに守られるような形でずっといるわけにはいきません！　聖女ヨルネスが伝説級上位ではなく、ただの伝説級だったと聞いてから、ずっと考えていたんです。確かに何もできずに殺されるかもしれません。でも……伝説級なら、相性次第では私にだって勝算があるかもしれません！　私に戦わせてください！」

　確かに……勝てる可能性はゼロじゃねぇ。

うまく行けば、効率的に『スピリット・サーヴァント』を片付けて、数百人、場合によっては数千人規模の人間が助かることに繋がるかもしれない。

だが……だが、それでも分が悪過ぎる。とてもじゃないが、ここで快く送り出してやることはできねぇ。

『無茶なことをするんじゃねぇ！　リトヴェアル族の集落には、俺と一緒に向かう！　それでいいだろ？』

『そうですな。アロ殿が向かったとして、どうにかなる相手だとはとても私には思えませんぞ。アロ殿が伝説級相手にどうにか形になるのは、せいぜい魔法攻撃力と手数のみ。歴代最強格の神聖スキルの持ち主が、それだけで押し切れるとはとても考えられませぬ。気持ちはわかりますがアロ殿、もう少し冷静にならねば』

　トレントも俺と同意見のようであった。

「トレントさん、でも、私は……」

『ですから主殿、私もアロ殿と共に向かいますぞ』

　アロの言葉を遮り、トレントはそう言い切った。

　せ、説得してくれてたんじゃなかったのかよ……！

　俺は立て続けに驚かされた。衝撃のあまり、飛行体勢ががくんと崩れた。

『だ、だから、アロやトレントでどうにかなる相手じゃねえんだよ！』

『そうとは限りませんぞ、主殿。もし伝説級相手なら、アロ殿の手数と魔法攻撃力は、充分応戦できるレベルのはず。そして私の防御面の性能は、伝説級であった主殿のオネイロスのステータスと並ぶほどであったと、私に言ってくださったではありませんか』

　確かにアロの『暗闇万華鏡』の三体分身からの魔法攻撃の滅多打ちは、同ランク帯のモンスター相手でも上手く嵌まればそのまま圧殺できちまうだけの威力を誇っている。

トレントにしても、防御性能だけなら確かに伝説級にも匹敵する。ステータスもそうだが、『不死再生』発動時の耐久性は凄まじいものがある。

アロとトレントの本領が充分に発揮できれば、確かに伝説級の魔物相手でも勝算はあるのかもしれない。

……だが、それでもやっぱり、とても神の声の『スピリット・サーヴァント』に敵うとは思えなかった。ンガイの森にいた伝説級とはわけが違うのだ。神の声が、有用と判断して『スピリット・サーヴァント』化していた手駒である。

『それに、大事なのは勝つことだけではありませんぞ。主殿もアロ殿も、急いて肝心な部分を見失っております』

『か、肝心な部分……？』

『はい。アロ殿が主殿を連れずにリトヴェアル族の集落に向かいたいのは、被害を減らすためであって、一刻も早く『スピリット・サーヴァント』を討伐したいから、ではないはずです。お二人はそこを混同なさっている』

『それはつまり、どういうことだ？』

トレントの言いたいことが今一つわからなかった。

『スピリット・サーヴァント』による被害を減らすことと、一刻も早く『スピリット・サーヴァント』を討伐することはイコールであるはずだ。だが、トレントは、まるでその二つが全くの別物であるかのように語っている。

『〖スピリット・サーヴァント〗の目的はあくまで主殿を急かすことなのでしょう。だとすれば、主殿がいない間に本気を出すことはないはずですぞ』

それは恐らくトレントの言う通りだ。

実際、ヨルネスの力なら、都市一つ滅ぼすのにあんなに時間を掛ける必要はなかったのだ。手加減をしながら甚振っていたとしか考えられない。

その理由はトレントの指摘通り、俺を急かすのが目的であって、その前に本当に都市を滅ぼしてしまっては本末転倒だからだ。

そこの点については、勿論俺も気が付いていた。

『だからといってよ、〖スピリット・サーヴァント〗を倒そうと本格的な戦いになれば、向こうだってさすがに本気を出して来やがるだろう』

序盤は確かにトレント達が不意を突けるかもしれねぇ。だが、それで上手く大打撃を与えて追い込むことができたとしても、神の声の〖スピリット・サーヴァント〗だって全力での反撃に出るはずだ。

油断している間に畳み掛けて倒し切れるような甘っちょろい相手であるわけがない。どうせ回復スキル完備で、MP限界まで戦ってくるような奴ばかりだ。

『ですから、本格的な戦いにならなければよいのです。状況に応じて避難の手助けだけ行えば、

『スピリット・サーヴァント』には本気を出させずに被害を減らすことができますぞ。主殿が駆けつけてくるまでの時間稼ぎくらいはやってご覧に入れましょう』

な、なるほど……。

確かにそれはそうだ。完全に盲点であった。

対聖女ヨルネスでも、もし序盤からアロとトレントがあの都市にいれば、被害の規模は全然違っていたはずだ。

重要拠点に避難民を誘導して、ヨルネスの生み出す化け物を片っ端から討伐して回ることができていただろう。

『それでもしも神の声の『スピリット・サーヴァント』がどうにかなりそうな奴でしたら、私とアロ殿で倒してしまえばいいのですぞ』

トレントが冗談めかしたふうにそう言った。

「でも……」

『ここが譲歩の限界ですぞ、アロ殿。これ以上は現実的ではありません。普段ならこういった後先をしっかり見据えた策は、アロ殿が提案していたでしょうに。事情も気持ちもわかりますが、もう少し冷静にならねばなりませんぞ』

「……うん」

アロは小さな声で、そう了承する。

「……ありがとう、トレントさん」

俺としても、さすがにここまで言われちまったら、これ以上は引き止められねぇ。

確かに言っていることもトレントに分がある。あくまで避難の手助けに徹するのならば、さほど危険度は高くはねぇだろう。

ただ、それは、『スピリット・サーヴァント』に目を付けられない限りは、という範囲ではあるが……。

4

無事に海を越えて、大陸へと差し掛かった。

『主殿、ここからは別行動で行きましょう』

トレントがそう提案する。

『……ああ、そうだな』

アロはトレントを抱え、俺の背から飛び降りる。黒い翼を伸ばして綺麗な弧を描くように飛び、俺の顔の前で滞空した。

別れる前に、今一度、二人のステータスを確認しておきたくなった。

俺はまず、トレントへと意識を向けた。

種族：ワールドトレント
状態：呪い、木霊化Lv6
Ｌｖ　：130/130(MAX)
ＨＰ　：2886/5773
ＭＰ　：1534/1534
攻撃力：304(609)
防御力：2642(1320)
魔法力：1169
素早さ：659
ランク：A＋

特性スキル：
〖闇属性:Lv--〗〖グリシャ言語:Lv3〗
〖硬化:Lv7〗〖HP自動回復:Lv7〗
〖MP自動回復:Lv6〗〖飛行:Lv4〗
〖癒しの雫:Lv6〗〖不屈の守護者:Lv--〗
〖重力圧縮:Lv5〗〖忍び歩き:Lv5〗
〖生命力付与:Lv--〗〖世界樹の樹皮:Lv6〗
〖妖精の呪言:Lv--〗〖鈍重な身体:Lv--〗

耐性スキル：
〖物理耐性:Lv8〗〖落下耐性:Lv9〗
〖魔法耐性:Lv7〗

通常スキル：
〖根を張る:Lv5〗〖クレイ:Lv5〗
〖ハイレスト:Lv6〗〖ファイアスフィア:Lv7〗
〖アクアスフィア:Lv4〗
〖クレイスフィア:Lv6〗
〖ウィンドスフィア:Lv4〗〖念話:Lv5〗
〖グラビティ:Lv6〗〖ポイズンクラウド:Lv4〗
〖フィジカルバリア:Lv6〗
〖アンチパワー:Lv6〗〖デコイ:Lv6〗
〖スタチュー:Lv6〗〖メテオスタンプ:Lv6〗
〖木霊化:Lv6〗〖バーサーク:Lv5〗
〖ウッドストライク:Lv5〗
〖ウッドカウンター:Lv5〗〖鎧破り:Lv5〗
〖ガードロスト:Lv5〗〖クレイウォール:Lv5〗
〖地響き:Lv5〗〖熱光線:Lv5〗
〖樹籠の鎧:Lv4〗〖死神の種:Lv5〗
〖不死再生:Lv6〗〖人化の術:Lv2〗

称号スキル：
〖魔王の配下:Lv--〗
〖知恵の実を喰らう者:Lv--〗〖白魔導師:Lv7〗
〖黒魔導師:Lv7〗〖竜の落とし物:Lv--〗
〖世界樹:Lv--〗

　改めてステータスを見ると、ここまで強くなっていたのかと驚かされる。ＨＰと防御力の数値は、伝説級であるオリジンマターやミーアに匹敵する程である。

　トレントがアロを説得してくれていたときにも思ったことだが、トレントは本当に、いつの間にか成長していたんだな。ステータスもそうだが、精神面でも様々な戦いを経て変わってきているように思う。

続いて俺は、そのトレントを抱えているアロへと目を向けた。

名前：アロ
種族：ワルプルギス
状態：呪い
Ｌｖ　：118/130
ＨＰ　：95/95
ＭＰ　：3393/3601
攻撃力：1284
防御力：1023
魔法力：2409
素早さ：1168
ランク：Ａ＋

特性スキル：
〖グリシャ言語:Lv4〗
〖アンデッド:Lv--〗〖闇属性:Lv--〗
〖肉体変形:Lv9〗
〖死者の特権:Lv--〗
〖土の支配者:Lv--〗
〖悪しき魔眼:Lv7〗
〖アンデッドメイカー:Lv--〗
〖石化の魔眼:Lv7〗〖飛行:Lv3〗
〖不滅の闇:Lv--〗〖不吉な黒羽:Lv--〗

耐性スキル：
〖状態異常無効:Lv--〗
〖物理耐性:Lv8〗〖魔法耐性:Lv6〗
〖物理半減:Lv--〗

通常スキル：
〖ゲール:Lv8〗〖カース:Lv6〗
〖ライフドレイン:Lv7〗
〖クレイ:Lv7〗〖自己再生:Lv8〗
〖土人形:Lv7〗〖マナドレイン:Lv8〗
〖未練の縄:Lv6〗〖亡者の霧:Lv6〗
〖魅了:Lv6〗〖ワイドドレイン:Lv6〗
〖ダークスフィア:Lv6〗〖吸血:Lv7〗
〖デス:Lv7〗〖ミラージュ:Lv7〗
〖黒血蝙蝠:Lv7〗〖暴食の毒牙:Lv2〗
〖暗闇万華鏡:Lv4〗

称号スキル：
〖魔王の配下:Lv--〗
〖虚ろの魔導師:Lv8〗
〖朽ちぬ身体:Lv--〗
〖アンデッドの女王:Lv--〗
〖不滅の魔女:Lv--〗
〖最終進化者:Lv--〗

アロもアロで、ステータスがぐんと伸びている。

トレントは持久型としてのステータスが桁外れに高いため、比べるとアロのステータスがやや地味に感じてはしまうが、結局戦闘で重要になってくるのは攻撃力・魔法攻撃力、そして素早さである。

きっちりと魔法攻撃力を押さえているアロのステータスは、かなり恵まれているバランスだといえるだろう。ＭＰの消耗は痛いだろうが〖暗闇万華鏡〗によって火力の底上げができるのも大きな強みだ。

『……二人共、絶対に死ぬんじゃねぇぞ。すぐに俺も、ハレナエとアーデジア王国で〖スピリット・サーヴァント〗退治を終えたら、そっちへ向かうからよ』

「勿論です、竜神さま」

　アロが深く頷く。

『心配無用ですぞ、主殿！　私の強みはしぶとさですからな！　アロ殿も、私が必ずや守ってみせますぞ！』

　アロに抱えられているトレントが、バタバタと翼を羽ばたかせた。

　手短に言葉を交わした後、アロ・トレントコンビは、俺とは別の方向へと飛んでいった。俺もほとんど同時に、彼女達へと背を向けて飛んだ。

　今の内にもっと色々話しておくべきではないか、とも思った。しかし、それをしてしまえば、本当にここでの会話が最後のものになってしまいそうな気がして怖かったのだ。

　俺達は、必ず次も会う。だからここで、最後かもしれねぇなんて、そんな辛気臭い別れの言葉はいらない。

　俺は途中でアロ達を振り返った。

『アロ、トレント！』

俺の『念話』に、アロとトレントが反応する。彼女達もその場で止まって俺を振り返った。

『待っててくれよ！　すぐに向かうからよ！』

「はいっ！」『はいっ！』

アロとトレントが、同時に威勢よくそう答えた。俺達は笑いあった後、各々の方向へと再出発した。

5　―ミリア―

聖女ヨルネスがイルシアさんによって無事討伐されてから、聖都は今、生存者確認に大急ぎであった。

本当は私もそうした活動に少しでも協力すべきなのだろうけれど、どうにも気が乗らず、崩落した家屋の瓦礫の上に座り、ぼんやりと崩れ落ちた聖都を眺めていた。

廃墟の山と化した聖都を、それでも陽の光は優しく照らす。あんな恐ろしい大惨事の後だというのに、天の神様はそんなことを気に掛けてはくれないらしい。

難事が去った後の晴れ空と呼べば聞こえがいいのかもしれないが、私の目にはなんだかこの光景が、酷く虚しいものに映っていた。

災禍が無事に終わったというのに、どうして私の気分はこうも晴れないのか。空を見上げながら、ぼんやりと私は考え事をする。

元々私がリーアルム聖国までやって来たのは、イルシアさんについての話が聖女リリクシーラから聞けるかもしれない、と考えてのことであった。

高位の魔物の多くは『念話』という意思疎通手段を有する。今はそれどころではない状況になってしまったのはわかってはいるけれど、それでも少しでもいいから、イルシアさんと何か言葉を交わしたかった。

聞きたいことは山ほどあった。

なぜあの森を去ったのか、これまでイルシアさんに何があったのか、今この世界に何が起きているのか、聖女リリクシーラはどうなったのか。そしてできれば、私がここに来るまでの旅で何をして、何を見てきたのかも話したかった。

『……すまねぇ』

……たったそれだけだった。

恐怖の象徴でもあるアポカリプスは、申し訳なさそうに私へと頭を下げると、さっとどこかへ飛んでいき、姿を消してしまった。

いや、アーデジア王国の場所を聞いていたのだから、そこへ向かったのは間違いないだろう。しかし、それが何のためなのかも私にはわからない。

「はぁ……」

私は深く、溜め息を吐いた。

「さすがにお疲れのようだな、ミリア」

メルティアさんの声に、私は横目で背後を確認する。

「疲れ……なんでしょうかね」

「無理もないさ。あれだけ連日命の危機に晒されていたんだ。私は楽観的な方だと自覚があるんだが、さすがに今回に限っては何度も命の危機を感じたよ。今こうして無事で生きているのが奇跡のようだ」

ずっと極限まで張りつめていた気がようやく弛緩して、その反動で身体に力が入らなくなってしまったのだろうか。

いや、そうした感覚とは何かが違う。単にずっと追いかけていたイルシアさんから全く相手にされなかったから、というのも少し違うのだ。

私は私の中のもやもやを言語化するべく、口を開いた。

「……あの聖女ヨルネス、本物だったのでしょうか？」

「さぁな、考えてもわからんよ。それに私は……そのまぁ、自慢ではないのだが、あまり学がなくてな。聖女ヨルネスなんて、名前くらいしか知らん。具体的に彼女がいつの人物で、何を成した人かだなんてさっぱりだ」

私が暗い調子だったのをどうにかしたいと思ったのか、メルティアさんはややおどけたふうにそう口にした。

「じゃあ……あのアポカリプスは、本物だったと思いますか？」

「アポカリプスって……あのドラゴンは、ミリアの捜していたイルシアさんだったのだろう？　それともやっぱり別のドラゴンだったのか？」

「いいえ、絶対にイルシアさんです。間違いありません」

　別に私は、イルシアさんが邪悪な心を持っているだとか、世界を滅ぼす存在なのだとか、そんなことを言いたいわけではない。

ただ、イルシアさんが進化した姿がアポカリプスそのものであったとして、それが何を意味するのだろうかと考えていたのだ。

「う、ううむ……私は聖神教にはさほど詳しくないからなぁ……。アポカリプスの描かれた絵画というのも目にしたことがない。せっかくだから一目見てやろうとは思っていたのだが、どうやら此度の騒動の中で瓦礫の中に埋もれてしまったそうだ」

　メルティアさんは頭を掻きながら、そう口にする。

「ただ……だ、他ならぬ信仰深い聖神教の教徒達が、あの化け物が本物の聖女ヨルネスであったと信じているようだ。それに、あの赤黒いドラゴンも本物の黙示録の竜に違いない、ともな。彼らは私達なんかよりも遥かに聖神教について詳しい。少なくとも私の意見などよりは、ずっと参考になるだろうな」

「……もし聖女ヨルネスが本物で、アポカリプスも本物だったのなら、この世界には今、いったい何が起きているんでしょうか。私は、この事件がこれで決着がついたのだとは、とても思えないんです。何か……これからもっと大変なことが起きる、その予兆みたいなものなんじゃないかなって、そんな気がするんです」

そして、その大きな災禍の渦は、イルシアさんを中心にして起こっている。私には、そういうふうに感じた。

イルシアさんはアーデジア王国への方角を知りたがっていた。イルシアさんの様子には、行かなければならない場所があるのだという、強い使命感のようなものがあった。

そこまで口にして、ようやく少しわかった。この込み上げてくる虚無感は、近い内に訪れるであろう更なる災禍への絶望感や無力感、閉塞感に由来するものなのかもしれない。

「……もっと大変な事件の予兆、か。国一つ一夜の内に地図から消してしまえそうな化け物が前座とは笑えない話だが、強《あなが》ち間違いではないかもしれんな。しかし、だとしても……私達にどうこうできることではない。考えて頭を抱えたって、仕方のない話だ」

それはそうだろう。

もはや伝承を超えて、神話の域に達しているような大事件が起こっている。人間一人に何かできるようなことではない。

「でも、なんだか凄く、不吉な予感がするんです。あのとき……どうにかして、イルシアさんともっと話をしておくべきだったんじゃないかって。そうです、このままだったら、もう二度とイルシアさんに会えないような、そんな気がするんです」

イルシアさんは何か、とてつもなく大きな事件に巻き込まれようとしている。いや、もしかしたら、ずっと前からその連鎖のようなものの中に彼はいたのかもしれない。

私は立ち上がり、東の果ての空を見た。

イルシアさんが向かっていった方角であり、海原を越えた先にはアーデジア王国が位置する。

向かわないと深く後悔するような、そんな気がした。

イルシアさんの巻き込まれているであろう大事件に、私なんかが行ったって、なんともならないのはわかっている。しかし、ここで行かないともう二度と会えなくなるかもしれないという、そうした確信めいたものがあった。

「……メルティアさん、私、アーデジア王国へ戻ってみようと思います」

「な、何を言い出すんだミリア！」

メルティアさんは驚いたらしく、大声を上げた。

「身勝手なのはわかっています。……でも、ここで行かないと、ずっと後悔することになりそうな気がするんです」

「あのドラゴンがアーデジア王国で何をするのか、見届けたいというのか？　だが、追い付けるわけがない」

「わかっています。それでも向かいたいんです」

イルシアさんは、とんでもない速さで東の果てへと消えて、すぐにその姿が見えなくなってしまった。

ここからアーデジア王国へ向かうには、船に乗るにも、大周りにして馬車で向かうにしても、最短でも一ヵ月は要するはずだ。

私が辿り着く頃には、きっともう、全て終わってしまった後だと思う。

「……そう、か。元々、あのドラゴンの行方を追うのが、ミリアが一大決心をして村から飛び出してきた理由だったからな。ここで私が無闇に引き留めるわけにはいかんな」

「……ごめんなさい。でも、最後の最後で何もわからないまま別れを受け入れて、それっきりになってしまうのが怖いんです」

「最後まで付き合ってやりたくはあるが、私はしばらく聖都に残り、復興を手伝おうと思う。……ここでお別れだな」

「本当に、これまでお世話になりました、メルティアさん。きっと……いえ、必ず、また別の地で会いましょう」

私がそう言ってメルティアさんへと頭を下げたとき、近くの瓦礫の山が蠢《うごめ》き始めた。

私とメルティアさんは、同時に各々の武器を構えた。

「な、なんだ、人間か？　誰かいるのか！」

メルティアさんが大声を上げる。

即座に攻撃したかったが、生き埋めにされていた人間が起きた、ということも考えられない話ではない。

レベルの高い人ならば、この程度の瓦礫に埋もれても生きていることは充分に考えられる。私とメルティアさんは、じっと蠢く瓦礫を睨んでいた。

しんと、瓦礫の動きが止まる。

助け出すべきなのだろうか？

私はメルティアさんに目配せし、それからゆっくりと瓦礫の山へと歩み寄った。

そのとき、瓦礫の山が瞬時にひっくり返された。中から現れたのは、聖女ヨルネスが『ニルヴァーナ』によって死体から生み出した、あの例の奇怪な化け物であった。

腕が三本あり、目が四つ並んでいる。その背丈は二メートル以上はある。まるで獣のように、酷く前傾の姿勢であった。

「あの化け物の、生き残り!?」

化け物は身を隠すような知性はないというのが、これまで聖都の民の共通認識であった。だからこそ、現在騒ぎが起きていないということは、全て片付いたのだろうと油断していた。

恐らくこの個体は、身を隠していたのではない。瓦礫に埋もれ、振り払う体力が回復するのを待っていたのだ。

「まずいな……デカめの奴か」

メルティアさんが舌を鳴らす。

化け物の大きさは、私がこれまで見た限りでは、概ね三通り存在する。

人間とさほど変わらない個体と、この目前の個体のような人間より一回り大きな個体、そしてイルシアさんが倒していた四メートル以上はある個体である。そしてこの区分けごとに、化け物の強さは大きく異なる。

この個体は、下から二番目の個体だ。一番下の個体であれば私とメルティアさんであれば難なく倒せていたはずだが、この個体の身体能力は、一流冒険者のそれに匹敵する。かなり危険な存在であった。

「『ファイアスフィア』！」

私が放った炎弾を、化け物は三本目の腕でガードする。焼け焦げて腕から煙が上がるが、本体はまるで痛がっているような様子も見せない。

「くらうがいいっ！」

化け物が腕で炎弾を防いだ隙に、メルティアさんが素早く大きく踏み込んで、剣の一撃をお見舞いした。

メルティアさんの刃は綺麗に化け物の多腕を避け、腹部へと叩き込まれていた。化け物の硝子のような硬質の体表に刃がめり込み、罅が走った。

お手本のような、見事な一撃であった。

しかし、化け物は持ち前の頑強さで素早く持ち直し、三本の腕で、メルティアさんの剣の刃をがっしりと掴む。

「く、くそ、このっ！　放せ！」

「メルティアさん、剣を放して！」

純粋な力勝負になった時点で、この化け物相手に打ち勝つのは不可能だ。ましてや相手は、手の数が違う。

化け物は刃を握り締めていた多腕の一本を離して、メルティアさんのがら空きの腹部へと拳を打ち付けた。

「ぐぁっ！」

メルティアさんの身体が吹き飛ばされ、地面に膝をつく形で着地した。

かなり大きく飛んだが、あれは威力を逃がすためのものだろう。判断が一瞬間に合ったため、化け物の拳をまともに受けるのは避けられたようだ。足をバネにして逆方向に飛び、同時に身体を捻って衝撃を逃がしていた。

化け物と剣を引っ張り合っている状態で叩き込まれていたら、力の逃げ場がなく、あの一撃で重傷を負わされていたはずだ。

化け物は素早くメルティアさんに飛び掛かり、体当たりを仕掛ける。メルティアさんは地面を転がるようにしてどうにか逃れた。

メルティアさんの膝からの着地は、足にかなりの負荷が掛かっていたはずだ。だが、それによって体勢を強引に整えたおかげで、化け物の追撃を回避することができたのだ。ギリギリの判断であった。

しかし、長くは持たない。私の魔法とメルティアさんの剣では、あの化け物にはあと一歩及ばない。

こちらは段々と負傷させられ、消耗していくというのに、あの化け物は自身の損傷について、さほど気に留めていないように思える。

腕が丸焦げになっても、腹部を砕かれてもお構いなしだ。痛覚が薄いが故に、打たれ強いのも奴らの強みであった。

近くに戦えそうな僧兵も見当たらないため、応援を呼ぶこともできやしない。私とメルティアさんでどうにか対処しなければならない。

「『ファイアスフィア』！　『ファイアスフィア』！」

私は炎弾を連発した。

長期戦になれば順当に地力で敗れる。そうであれば、短期決戦を仕掛けるしかない。

化け物は、スッ、スッと、機敏な動きで左右に跳び、私の炎弾を綺麗に避けた。完全に見切られている。

メルティアさんが足を負傷してまともに仕掛けられなくなったため、私からの魔法スキルにその分意識を割くことができるのだろう。

これでは上手く引っ掛けて一撃当てることができたとしても、決定打を与えることは決してできない。

「このままじゃ……」

私は必死に頭を回転させる。

何かあるはずだ。この化け物が異様に打たれ強いとはいえ、足を損壊すれば機動力は大幅に落ちる。

意表をついて一撃当てることさえできれば、そのまま倒すことは叶わないにしても、形勢は大きく変わるはずだ。

そのとき、ビュウと、風を切る音が聞こえた。空から何か、黒い魔物が飛来してきていた。翼を広げてこちらへと滑空してきている。

その魔物は化け物の頭部へと牙を突き立てると、身体を素早く縦に回転させながら地面へと降り立った。

化け物の頭部が宙を舞う。化け物は頭を失《な》くしてもしばしその場に突っ立っていたが、やがて自身が死んだことに気が付いたかのように、膝から崩れ落ちて動かなくなった。

魔物は黒い、ドラゴンのような姿をしていた。全長は四メートル程であり、身体に走る線模様はどこか美しくもあり、魔物の神秘的な雰囲気を演出していた。

　蝙蝠に似た翼が背からは伸びている。

　初めて見る魔物だった。それは間違いないはずだ。こんな大きな魔物を目にしていれば、忘れるわけがない。しかし、どこか見覚えがあるような気がした。

「た、助けて、くれたの？」

　私は魔物へと声を掛ける。

　魔物はぐぐっと背伸びをしたかと思えば、私の方を振り返った。その円《つぶ》らな愛らしい瞳を見て、私ははっと気づかされた。

「キシッ！」

「クロちゃんっ!?」

　王都での動乱の最中に行方不明になっていた、巨大蜥蜴の魔物……レチェルタのクロちゃんだ。

　外見も大きさも変わっている。以前のクロちゃんに翼は生えていなかったし、大きさも現在の半分程度であったはずだ。

　しかし、クロちゃんであることに間違いなかった。

　特徴的な瞳も、仕草も、少し変わった鳴き声も、その全てが目前の魔物がクロちゃんであることを示していた。

　私は感極まって、思わずクロちゃんに抱き着いた。

「ありがとう！　クロちゃん、もしかして助けにきてくれたの？」

クロちゃんはくすぐったそうに首を竦めながら、二又の尾をフリフリと揺らす。

聖女ヨルネス騒動の間、聖都内でクロちゃんのような魔物が発見されたという話は特に聞かなかった。

聖女ヨルネスが討伐されたこのタイミングでクロちゃんが姿を現したということは、聖女ヨルネスが聖都全域に対して展開していた大きな結界のせいで中に入れず、周囲をウロウロしていたのかもしれない。

ふと、私は気が付いた。

通常のルートでアーデジア王国へと向かえば、イルシアさんを追うのにはどれだけ急いだって、一ヵ月近くは掛かるはずだ。

しかし、今のクロちゃんには翼がある。

クロちゃんは私と別れてから、進化して現在の姿を手に入れたのだろう。身体能力だって以前よりも跳ね上がっているはずだ。

だとすれば、クロちゃんの力を借りれば、通常のルートで進むよりもずっと早くにアーデジア王国へと辿り着くことができるかもしれない。

私は抱き着いていた腕を解き、クロちゃんと至近距離から顔を合わせた。クロちゃんも私の様子に真剣なものを感じ取ったらしく、首の角度を戻し、尾の動きを止めた。

「クロちゃん、お願いがあるの。私……イルシアさんを追って、急いで今から東の地へと向かいたいの」

クロちゃんは私の言葉を聞くと、驚いたようにぱちりと瞬きをした。それからすっと、私へ背を向ける。

「クロちゃん……？」

私が声を掛けると、クロちゃんは首を伸ばし、私の方を振り返る。

「キシッ！」

その鳴き声は『乗って』と言っているようだった。

「ありがとう、クロちゃん！」

これがきっと、イルシアさんの後を追う、最後の旅になる。

書き下ろし番外編『とある夢幻竜と過去の勇者』

1

ンガイの森にて。

俺とアロ、トレントは、ミーアと共に、番人ヘカトンケイルの守っている天穿つ塔へと向かって移動していた。遠くに見える巨大な塔が、段々と近づいて更に大きくなり、その圧倒的な存在感を主張し始めていた。

『……とっととヘカトンケイルをぶっ倒して、元の世界に戻らねぇとな』

「とはいえ、焦り過ぎても仕方がない。塔までの道中を焦る必要はないさ。大事なのは、ヘカトンケイル相手に敗退しないことだ」

ミーアが俺に対して、そう口にした。

それは確かにそうだ。移動の時間よりも、ヘカトンケイルに挑んで撤退して、その後の休息に必要な時間の方が遥かに痛い。

「強敵との遭遇にも気を付けなければね。ここの地には、私でも楽には勝てない魔物だっていくらでもいる。戦って消耗して休息の必要が生じれば、狂神の時間制限も厳しくなってくるかもしれない。楽に撒ける相手ならいいが、今はイルシア君の配下もいるわけだからね」

ミーアはそう口にして、トレントとアロへちらりと目を向ける。

『わ、我々が足手纏いになると、そう仰っているのですかなミーア殿！』

トレントがパタパタと翼を広げて抗議する。ミーアがトレントに目を向けると、トレントはさっとアロの背後に隠れた。

……ミーアが怖いなら、無理しなくていいんだぞ、トレント。

「そうは言っていないよ。ただ、事実として、少々逃げ辛い、というだけの話だ。危険な敵に目を付けられたときの、アロ君とトレント君を守ることのできる逃げ方は考えておいた方がいいかもしれない」

アロとトレントを守りながら逃げる方法、か……。背中に乗せて飛べばだいたいの相手はどうにかなるはずだが、空中機動力と速さ、遠距離攻撃を併せ持っている魔物が出てきたら、確かに逃げるにもちょっと厄介だ。

『そんときゃ、アロとトレントを口の中に放り込んで『転がる』かな』

「そ、そうかい……」

ミーアが若干引いていた。トレントもげんなりした顔で俺を見ている。

い、命には代えられねぇから……！

「私は竜神さまの口の中、なんだか落ち着くので好きですよ！」

『お、おう……』

アロからとんでもない方向のフォローが入った。ミーアが『なんだこいつら』みたいな目で俺とアロを見ている。

そのとき、ピクッとミーアの瞼が動いた。

「イルシア君、早速敵らしい」

俺は咄嗟に身構えた。どうやら姿を隠して近づいてきている魔物がいるらしい。ミーアの方が【気配感知】のスキルレベルが高いため、俺よりも先に気が付いたのだろう。

俺は周囲に意識を向ける。空間の中で一部分だけぽっかり空いているような違和感を覚え、その座標目掛けて素早く【次元爪】を放った。

空間が歪み、黒ローブの仮面の男が現れた。確かに【次元爪】が命中し、身体から黒い肉片のようなものが爆ぜた。

しかし、男は光に包まれたかと思えば、その姿を消す。離れた位置へと瞬間移動し、何事もなかったかのように突っ立っていた。身体の傷も既に癒えている。

「**ギ……ギギ……ギギ**」「**ギギギ、ギギ**」「**ギギィ、ギ……**」

声……というよりは、音のようなものを発する。口からというよりは、その音が全身から漏れているようだった。

人間の姿こそしているが、ミーアのように言葉の通じる相手ではなさそうだ。

姿を隠すスキルに合わせて、幻覚を見せるスキルでも使って身代わりにしたのか……？　いや、それは有り得ない。オネイロスである俺は、『幻影無効』のスキルを持っている。

つまりあの仮面男は……即時再生と同時に、瞬間移動したのだ。

「『ゲール』！」

アロが竜巻を起こす。今度こそ男の身体が、暴風に千切られて四散した。

倒した……というよりは、違和感があった。このンガイの森の魔物にしては、身体が脆過ぎるのだ。

ふと俺は、引き千切れた奴の肉片が、各々意思を持っているかのように動いているのが視界に入った。手首から羽と触角のようなものが伸びてフラフラと宙を飛んだかと思えば、それらはさっと光に包まれるようにして消えた。

次の瞬間、仮面男がまた別の位置へと現れた。

今のを見てわかった。こいつ……アロのワルプルギスに、近い能力を有していやがるんだ。アロも、ダメージを受けて形を潰されても、その実体は魔力の塊であるため、魔力がある限りはすぐに復活することができる。


【『オッド・リッチ』：A＋ランクモンスター】

【永遠を求めた魔術師の成れの果て。】
【呪法によって生み出した虫の集合体を肉体の代わりとしており、自身の受けるダメージを肩代わりさせる。】
【虫は一体一体が自律して行動でき、数が減ったときは即座に子を産んで補うことができる。】

……似ているが、また別物だった。魔力ではなく、魔力によって制御している虫を肉体にしているようであった。

よくよく見れば、身体の全身が、部分部分それぞれに蠢いている。どうやら握り拳程度の大きさの虫が、各々人間の部位に似た姿をしているようだった。

「ギ、ギギ……ギギギ」「ギ、ギ……ギ」「ギィ、ギギ、ギ……」

……気付いた瞬間、ぞうっと鳥肌が立つのを感じた。

なんてことはない。攻撃を受けたダメージを肩代わりして、全身の虫が別の場所へと魔法スキルで瞬間移動しているだけだったのだ。

……勇者イルシアの召喚した化け物の中にムスカス・デミリッチというよく似た性質の奴がいたが、アレの進化系か何かなのだろうか。

ムスカス・デミリッチは下級モンスターの集合体のようなものだったので『デス』で一掃できたのだが、そういうわけにもいかないらしい。

【『呪甲虫』：B+ランクモンスター】

【呪法によって生み出された虫であり、人間の身体の部位を模した姿へと擬態する。】
【各種状態異常に対する強い耐性があり、〖サクリファイス〗という魔法を用いて本体へのダメージを肩代わりすることができる。】
【虫は一体一体が自律して行動でき、数が減ったときは即座に子を産んで補うことができる。】

め、面倒臭いこと、この上ねぇ……。

ちょっとずつ奴の身体を構成している虫を減らしていくしかない。恐らくオッド・リッチが虫を制御するのに、それなりのMPを消耗しているはずだ。虫を倒し続けていれば、いずれはオッド・リッチのMPも尽きる。

……ん？　まだ〖ステータス閲覧〗の説明文に続きがあるみてぇだ。

【不気味な外見ではあるが、濃厚な魔力と強烈な薬理作用を有する。】
【滋養強壮と魔力疲労改善に大きな効果があり、八伝薬材の一つに数えられる。】

……知らなくていい情報を知ることになった。

アビスを遥かに超える寄食である。人体を模した形の虫なんざ喰えるわけがない。つーか、何かしらの毒か呪い効果の方が絶対強いだろ。

俺は何も見なかったことにした。

『MPが実質的なHPだな、こりゃ……。魔力を肉体にしてるか、魔力を虫にしてから肉体にしてるかって意味じゃ、やっぱりアロのワルプルギスに近いもんがある』

「竜神さま、アレと一括りにするのはさすがにやめてください……」

『わ、悪い……』

……アロに怒られちまった。さすがにデリカシーがなかったか。

しかし、Ａ級上位で、Ｂ級上位の魔物を無限に生成できる。性質上、不意打ちで殺し切ることも難しい。ヘカトンケイル戦に備えて消耗したくない俺達にとっては最悪の相手だった。

正に、ミーアが今話していた『戦いたくないタイプの強敵』だ。こういう相手は逃げるに限る。

俺は地面を蹴ると、素早くアロとトレントを口内に回収した。

『あっ、主殿ォ!?』

トレントの憐れな声が響く。悪いなトレント、命には代えられねぇからよ……。

ふと敵の位置を確認すると、ミーアがオッド・リッチの目前へと飛び出していた。

『ミーア、そいつの相手はＭＰの無駄……！』

「〖破魔の刃〗」

ミーアの刃に魔力の光が宿る。放たれた斬撃が、オッド・リッチの身体を両断した。オッド・リッチの肉体を象っていた虫達がぼとぼとと剝がれ落ちていく。

ミーアはその中央へと手を突き入れ、何かを取った。

「コレが本体らしい」

そう言って、俺達へと、小さな置物のようなものを掲げた。真っ白で、人間を模したもののようだ。骨のようなもんを彫って作った、こけしやマトリョーシカのように見える。中央部から砕けている。

後ろの呪甲虫は全て息絶えているようだ。本体が死ぬと、全員連動して命を落とすのだろう。

「魔法に頼り切りとは、あまりに脆い。まぁ、A級上位ならばこんなものか」

ミーアはそう言って、オッド・リッチの本体を地面へと置いた。

ミ、ミーアが頼もしすぎる……！　ミーアについては謎も多いため、もしも彼女と敵対したらどうしようなんてことも考えていたが、そんなときゃ黙って平謝りした方がよさそうだ。

「どうしたんだい、イルシア君？　後ろで何か、やっていたようだが……」

『いや……』

……ミーアの言っていた強敵とは、どの程度の敵のことを想定していたのだろうか？

ひとまず、少なくともA級上位程度は全く脅威として捉えていなかったようだ。

『私達は、なんのために主殿の口内へ……？』

トレントが、よろよろと俺の口から這い出る。

わ、悪いトレント……。

「急に食べられちゃったから、ちょっとびっくりしました」

トレントに続いて、なぜか楽しげな様子のアロが俺の口から飛び出してくる。ミーアが不思議そうな顔でアロを見つめていた。

2

オッド・リッチの討伐後、ミーアはオッド・リッチの亡骸……もとい、呪甲虫の死骸の山を見つめていた。

『どうしたんだミーア、とっとと行こうぜ』

「いや、不思議なんだがね……この呪甲虫を見つめていると、どうしたことか、お腹が空いてくるんだよ」

え、ええ……。

俺はちらりと呪甲虫へ目をやる。一つ一つが人体の部位を模しているため、腐ったバラバラ死体としか表現のしようがない。おまけにそこに、眼球や触覚のような感覚器官、それから多足らしきものが生えているのだ。吐き気が込み上げてくることはあっても、とてもじゃないが食欲はそそられない。

これ、ミーアの種族のタナトスのせいじゃなかろうか。

『もしかしてアロ……あれ見て腹が減るか？』

「減りません！」

アロが少し怒ったように答える。

『わ、悪い……』

もしかしてアンデッド的にはアリなんだろうかと、安直な結び付けをしてしまった。

「そうか……減らないか……。私としては、こう、芳醇な魔力の気配を感じるんだが」

それを聞いて、ふと頭に引っ掛かることがあった。

【不気味な外見ではあるが、濃厚な魔力と強烈な薬理作用を有する。】

【滋養強壮と魔力疲労改善に大きな効果があり、八伝薬材の一つに数えられる。】

そう、確かに呪甲虫にはそんな説明がなされていた。

『……一応、魔力疲労改善効果があるみてぇだな』

「ということは、今の状況に持って来いじゃないか」

俺の言葉を聞いて、ミーアが嬉しそうに手を打つ。

『……おん？』

「ＭＰは１でも無駄にしたくないからね。気休め程度でも、魔力消耗への保険になるなら食しておいた方がいいだろう」
ミ、ミーア、ストイックで強い奴だとは思ってたが、ちょっとズレてんな……。
『ま、まあ、止めやしねぇよ……。ミーアなら、腹痛でくたばることもねぇだろ』

「いや、君も食べるんだよ」

俺は耳を疑った。

『さすがにそれは……』

「なんなら君が一番必要だろう。塔までの道のりでも、ヘカトンケイル戦でも、君が主戦力なのだからな。こんな好き嫌いが元で、ヘカトンケイルに敗北したらどうするつもりだい？」

き、厳しい……。

「私だって好き好んで食べたいわけではないが、必要とあればこの程度のことを躊躇うつもりはない。君にもそのくらいの覚悟を持ってもらいたいんだがね」

眺めてたら腹が減るとか言ってなかったか……？

「りゅ、竜神さまが頑張って食べるなら、私も地獄にお供します！」

地獄って言っちゃったよ。

『……主殿、申し訳ないですが、私はご遠慮願いたいですな。その、さほど道中で魔力を使うこともなさそうですし』

そして一番人間から遠い、トレントが嫌がるのか……。

十分後、アロが『クレイ』によって作った石焼板と石串、そして俺の『灼熱の息』を用いて、呪甲虫の串焼きが完成した。いや、完成しちまった。

『見栄えがヤバ過ぎる……』

人間の手足や肉塊のような輪郭の虫が、串で一列に貫かれている。直視するのも耐えがたいのに、こんなものを喰えというのか。

『なあ、ミーア、これ喰っちまったら俺、人として……いや、竜として一線越えちまう気がするんだが。やっぱり勘弁してもらえないか？』

「ふむ、美味しくはないが、健康に良さそうな味だな」

ミーアは黙々と呪甲虫の串焼きを喰っていた。

「何か言ったかい、イルシア君？」

こ、ここで指摘したら、ミーアが人として一線越えてるって言うようなもんじゃねぇか……。

「これはただの虫、これはただの虫、これはただの虫……」

アロも血の気が引いた顔で、手許の呪甲虫の串焼きを見つめている。彼女の腕がガタガタと震えていた。普段から血の気を感じさせないほどの色白ではあるのだが、一目見て追い詰められているのが見て取れた。

『アロ、無理しなくていいんだぞ！』

「りゅ、竜神さまを、ひとりにはしませんから、私……！」

アロが涙ぐんだ目で俺を見上げる。

『でもよ、さすがにこれに付き合わせるのは！』

『アロ殿、主殿！　頑張って、ばくっといってくだされ！　大丈夫です、口に含んでしまえば見えなくなりますぞ！』

トレントが必死に俺達を応援してくれる。……応援してくれるのはいいが、無責任というか、どこか他人事感を覚えてしまうのは気のせいだろうか？

い、いや、トレントに無理に付き合わせる理由はねぇし、純粋に応援してくれているだけなんだが……。

「そ、そうだ……！」

アロがはっと閃いたように顔を上げる。何か、解決策を思い付いたらしい。

「『暗闇万華鏡』！」

アロが三人に分身した。一体何をするつもりかと思えば、三人でジャンケンを始めた。

「最初はグー！　じゃんけん、ほい！」

「あいこでしょ！　あいこでしょ！」

ジャンケンはこの世界にはなかったようだが、俺がアロやトレント達に教えたのだ。

「あ、負けちゃった……」

一人のアロが、がっかりしたように自分の手を見つめる。他の二人のアロが、そのアロの身体をがっしりと押さえ付けた。

「放して！　止めて、止めて！」

「負けたんだから、覚悟を決めて！　私だって負けたら食べてたんだから！」

「お願い、口を開けて！　すぐに終わるから！　吐いてもいいから！」

そ、そのための『暗闇万華鏡』とジャンケンだったのか……。

そもそもヘカトンケイル戦に備えてＭＰをちょっとでも万全の状態にしておきてぇってのが発端

だったから、そのために燃費の悪い〖暗闇万華鏡〗なんて使ったら本末転倒なんだが……。

『ア、アロ……その、止めてやってくれ。俺なら、大人しく食べるから、な？』

「この子も納得して参加したんです！　甘やかさないでください！」

アロの一人が厳しい目付きで言う。

『いや、その……』

「大丈夫です、全部私ですから！」

頭が混乱してきた。つまりこれはどういうことなんだ？

仮に全員アロだとしても、ちょっと絵面がよくない。どう見てもいじめの現場にしか見えない。

「竜神さま……助けてくだしゃい……」

泣きそうな目で、押さえ付けられているアロがそう口にする。

……毎回思ってたけど、やっぱり分身ごとに性格違うよな？

『と、とにかく、俺なら普通に喰うから大丈夫だ！』

俺はアロ達をそう説得し、呪甲虫を焼いた肉塊を前脚で摑み、口の中へと一気に押し込んだ。

嚙みたくはなかったので、目を瞑って丸呑みした。そのままアロの持っている串焼きも奪い、自身の口内へと放り投げる。

「どうだい、イルシア君、別に大したことはないだろう？　所詮は形を模しただけの虫なんだからさ」

ミーアが笑いながらそう口にする。

『ニンゲンの味がする……口を洗いてぇ……』

「……気のせいだよ。君、そもそもニンゲンなんて絶対食べたことがないだろう……。案外繊細なんだな」

3

「少しだけ休憩したら、出発しようか」

呪甲虫の串焼きを処分……もとい食べきってから、ミーアはそう切り出した。

『食べるのだって休憩だったのに、こんな頻繁に休憩を挟んじまっていいのか?』

「そう焦っているのはよくない傾向だ。ヘカトンケイルは、そんな気の持ちようで倒せる相手ではないよ」

まあ、確かにそれはそうだ。下手に急いでも仕方がない、というのはミーアと先に話し終えたことだ。

「それに、君とって今の食事は休憩にはならなかっただろう?」

ミーアが少し意地悪に笑う。

俺は前脚で頭を掻いた。

『しかし、ミーア殿……塔が近づくにつれ、なんだか歩みを遅くしているようにも思えますな』

トレントが軽い調子でそう口にした。

「私が、進行を遅らせている……と」

ミーアが険しい表情でトレントを睨む。

トレントはびくっと身体を震わせ、さっと翼で自身の顔を隠した。

こいつ、ハムスターみたいな仕草しやがるな……。

「……ふむ、意識していなかったが、確かにそうなのかもしれないな。君達との旅路は、案外居心地がいいらしい」

ミーアは自身の唇に手を触れ、ぽつりとそう零した。

許されたと知ったトレントが、ほっと息を吐いていた。

ただ、ミーアはその後、深刻そうな表情で黙り込んでしまって、少しだけ気まずい空気が流れた。

トレントは何か、触れちゃいけねぇ部分にずいずいと手を伸ばしちまったんじゃなかろうか。

『そういや……聞いてみたかったんだが、ミーアの時代の他の神聖スキル持ちって、どんな奴らだったんだ？』

俺は空気を変えようと、ミーアへそう尋ねた。

「む……他の神聖スキルの持ち主、か。そうだな……一言ではとても言い表せないんだが」

ミーアは昔を思い出すように、目を細める。

「魔獣王バンダースナッチ……本能のままに暴れる、危険なドラゴンだった。ただ、それ故に邪念は持たず、純粋な奴だったのかもしれないな。何も知らない奴だと思っていたんだが、私を憐れむようなことを漏らしていた。使命感に縛られていた私が、自由に生きるあいつには滑稽だったのだろう。あのときは気にも留めなかったが」

なんとなく、俺の代の魔獣王、ベルゼバブと被った。

「いや、強かったよ。まぁ、私が倒したのだが」

『他の奴は？』

「魔王ノア……思慮深い、邪悪なドラゴンだった。神の声を世界の意志と信じ、この世界の文明を完全に破壊し、魔物の楽園にすることを望んでいた。摑み所がなく、カリスマ性が高く、狡知に長け、そして人間を虫けら同然に捉えていた。……奴が神聖スキルを複数手に入れていたら、恐ろしいことになっていたはずだ」

ノアの名前が出てきて、少しどきりとした。なにせ俺の父竜、エルディアが崇拝していた主でもある。

「ノアも私が倒したのだがな」

『そ、そうか……』

……仕方がないとはいえ、複雑な気持ちではあった。エルディアが生きてミーアに会っていたら、きっと激昂しながら喰らい掛かっていたんだろうな。

『最後の一人は？』

俺は敢えて、魔王ノアの話を早めに流すことにした。

「聖女ルミラは散々なことをやってくれた。国々を巻き込んで何度も戦争を起こし、私が表舞台に立って彼女と戦わざるを得なくしたんだ」

ミーアが唇を噛む。

ルミラも……どうにもリリクシーラと姿が被った。聖女も魔獣王も、性格をまるで引き継いでいやがるかのようだ。その立場がそうさせているのか、神聖スキルがそうさせているのか。

魔王ノアにしても、俺はともかく……スライムの奴とは少し似ているかもしれねぇ。あくまでも話に聞く限りでは、のものでしかないが。

「もっとも、あんな無茶をしでかしたのは、ルミラの背景にいた神の声の焦りの表れだったのだろうがな。早々に神聖スキル持ちの魔物の二体が落ちて人間だけが残る状態ができあがった上に、私はあの頃、既に神の声に不信感を抱き始めていた。神の声としては、どう足掻いても私を世界の敵に仕立て上げたかったのだろう」

『なるほど……』

「まぁ、ルミラも私が倒したのだがな」

……そりゃこれまでの流れでそうなるのはわかっていたが、あっさりそう口にしたのを聞くとさすがミーアといわざるをえない。

さ、三体全員直接片づけたのか……。いや、俺も大差ない形にはなっているけれども。

「ルミラとは何度も対峙し、問答し、絶対に分かり合えない相手だと思っていた。……ただ、ルミラの死んだ後、彼女が贖罪のように、私をモデルにした天使の像を遺していたことを知ったよ」

はぁ、とミーアが溜め息を吐く。

『それって……』

「今となっては、真意はわからないがね。もしかしたら、何かしらの政治的な意図があったのかもしれない。彼女はリーアルム聖国とハレナエ帝国の戦争を煽ってこそいたが、いつか終戦させるための仕掛けも必要だと考えていたようだった。実際、終戦の切っ掛けの一つにはなったようだし……。ただ、私は、あれをルミラからの贖罪だと考えることにしているよ」

『…………』

ミーアから聞く度に思うが、過去の神聖スキル持ちの戦闘は、俺の代より遥かに重いように思う。俺も散々な経験をしてきたつもりではあったが、ミーアのそれには敵いそうもねえ。別に張り合うつもりなんかねぇんだが、そこに意識の差を覚えることもある。

ミーアが立ち上がった。

「確かにトレント君の言う通り、休憩を挟みすぎたみたいだ。早く行こうか、ヘカトンケイルの待つ塔へ」

4

無事に塔の番人、ヘカトンケイルとの戦いが終わった。……そしてその後、豹変して襲い掛かって来たミーアとの決着を付け、ついにこのンガイの森から脱出するための手筈が整った。

ミーアは元々、狂神化の進行で自身がいずれ自我を失うことがわかっていた。俺がンガイの森を出るための手助けを行い、俺に戦いによって五つ目の神聖スキルを託して死ぬこと、それが最初から彼女の目的であったのだ。

俺達と和やかに話していたとき……ミーアは既に、俺達を導いて、この地で死ぬことを受け入れていたのだ。

俺は塔の外で石を切り出してミーアの名を刻み、それを彼女の墓にして頭を下げた。

『……不格好で粗末な墓で悪いな、ミーア。ここには危ない魔物も多いから、すぐに壊されちまうかもしれねぇ。でも、俺達も、先を急がねぇといけないからよ』

『掴み所のない方でしたが、ミーア殿が、我々との旅路が心地いいからつい足が遅くなると言ってくださったのは本心だったのですな。場違いな想いかもしれませんが……私には、それが嬉しいです』

トレントがぽつりとそう漏らす。

「全部終わったら、きっとまたここに来ましょう。ミーアさんへの報告のために」

『そうだな……そんときゃ、もっとマシな墓にしてやろう』

こうして俺達は、ンガイの森を後にすることにした。

……じゃあな、ミーア。ちょいと神の声の奴ぶっ潰して、世界を守ってくるぜ。俺の周りの奴らを守る、そのついでによ。

あとがき

作者の猫子です。ドラたま第十五巻をお買い上げいただきありがとうございます！

ついにンガイの森を脱出し、地上世界で暴れる神の声との戦いの火蓋が切られ、ドラたま最終章に突入しました！

神の声の最大の手駒である四体の『スピリット・サーヴァント』の一体、聖女ヨルネスを打ち破り、残りはついに勇者と魔獣王、そして魔王のみとなりました。

ここからどんなキャラクターが出てきて彼らがどんな結末に至るのかはもう結構細かく頭の中にあるので、なんだかもうドラたまのプロットを練ることはないんだな、と思うと少し不思議な気持ちです。もう六年以上ずっとドラたまを書いていましたので。

毎度毎度、次はどんな魔物を出そう、どういったスキルを持たせようかと必死に頭を捻っていましたが、もうそうした点に頭を悩ませることもないんですよね。

キャラクターに新しいスキルや戦い方を与えるためにやったこともないゲームの攻略本を買ってみたり、ＴＲＰＧのルールブックを買ったりしてみたのも懐かしい想い出です。

　魔物の方も、あちこちの神話や、変わった珍しい動物や昆虫なんかを調べ倒して、どうにか差別化させつつここまでやってきました。ああした作業ももうしなくなってしまうのだなと考えると、ちょっとした寂寥感があります。


　なんだかドラたまが終わったら一つのやり切った感が出てしまって、自分が一気に老け込んでしまうんじゃなかろうかと、そんなしょうもない危惧まで抱いております。

　自分の中の最長の作品であって、ライトノベルの商業界隈に入るきっかけとなった作品でもあるため思い入れが強く、本当に寝ているとき以外はずっとドラたまのことを考えているような状態でした。なのでなんといいますか、ドラたまロスというか、ちょっとしたイルシアロスになってしまいそうです。六年間ありがとう、イルシア……！


　……と感極まってそのまま書いてしまいましたが、別に最終章に入ったというだけですので、そこまで言ってしまうのはちょっとばかり気が早かったですね。なんだかこれが最終巻だみたいなテンションで書いてしまいました。

　ただ自分は後書きを書くのがあまり得意ではないので、ここまで書いた文章を消してしまうと必要ページ分を埋められなくなってしまいそうですので、ひとまず現時点での気持ちということでこのまま残して出させていただこうと思います。……これで最終巻の後書きに書くことがなくなってしまったらどうしよう。

もし最終巻の後書きでこの後書きと似たようなことを書いていたら、ああそういうことなんだなと、察していただければ幸いです。

いや、さすがに最終巻を出す際には、後書きに書きたいことが色々と浮かんでくるものなのでしょうか？

毎回後書きのスペースを埋めるのに悩んで、過去の後書きを定期的に見返してみたりはするのですが、なんだか六年前の自分も後書きが埋まらない埋まらないと似たようなことばかり書いているので、少し懐かしい気持ちになってほっこりします。人間簡単には変わらないものであるようです。

一応断言しておかないと誤解を残してしまうのではと思いますので補足しておきますが、この第十五巻は最終巻ではありませんよ、念のため……。

あくまでも現時点での予定ではありますが、恐らくは次の次の巻、十七巻で完結になるのかな、と思います。ここまで来ましたので、是非とも読者の皆さんには最後までお付き合いいただければと思います……！

猫子

絶対閃光月光剣《ルナ・ルーチエン》
ぬわあああ～!!

メルティアの頭の中ではきっと、
ルナ・ルーチェンはこんなイメージのはずです。

勇者パーティーを追放された俺だが、俺から巣立ってくれたようで嬉しい。
……なので大聖女、お前に追って来られては困るのだが？
著者：初枝れんげ　イラスト：柴乃櫂人
私、能力は平均値でって言ったよね！
著者：FUNA　イラスト：亜方逸樹
万能「村づくり」チートでお手軽スローライフ
～村ですが何か？～
著者：九頭七尾　イラスト：イセ川ヤスタカ
魔剣の弟子は無能で最強！
～英雄流の修行で万能になれたので、最強を目指します～
著者：ふか田さめたろう　イラスト：植田亮
マイナススキル持ち四人が集まったら、なんかシナジー発揮して最強パーティーができた件
著者：小鈴危一　イラスト：しらび
人狼への転生、魔王の副官
著者：漂月　イラスト：手島nari.
悪役令嬢は溺愛ルートに入りました!?
著者：十夜　イラスト：宵マチ

マンガUP!
毎日更新
名作&新作100タイトル超×基本無料=最強マンガアプリ!!
GC UP! 毎月7日発売
魔王学院の不適合者
~史上最強の魔王の始祖、転生して子孫たちの学校へ通う~
原作:秋 漫画:かやはるか
キャラクター原案:しずまよしのり
失格紋の最強賢者
~世界最強の賢者が更に強くなるために転生しました~
原作:進行諸島 漫画:肝匠&馮昊
(GAノベル/SBクリエイティブ刊) (Friendly Land)
キャラクター原案:風花風花
転生賢者の異世界ライフ
~第二の職業を得て、世界最強になりました~
原作:進行諸島 漫画:彭傑
(GAノベル/SBクリエイティブ刊) (Friendly Land)
キャラクター原案:風花風花
神達に拾われた男
原作:Roy 漫画:蘭々
キャラクター原案:りりんら
勇者パーティーを追放されたビーストテイマー、最強種の猫耳少女と出会う
原作:深山鈴 漫画:茂村モト
ここは俺に任せて先に行けと言ってから10年がたったら伝説になっていた。
原作:えぞぎんぎつね
(GAノベル/SBクリエイティブ刊)
作画:阿倍野ちゃこ
ネーム構成:天王寺きつね
キャラクター原案:DeeCHA
異世界賢者の転生無双
~ゲームの知識で異世界最強~
原作:進行諸島 作画:三十三十
(GAノベル/SBクリエイティブ刊)
キャラクター原案:柴乃櫂人
https://sqex.to/mup ※一部アプリ内課金あり
●「攻略本」を駆使する最強の魔法使い ~<命令させろ>とは言わせない俺流魔王討伐最善ルート~
●おっさん冒険者ケインの善行
●二度転生した少年はSランク冒険者として平穏に過ごす ~前世が賢者で英雄だったボクは来世では地味に生きる~
●最強タンクの迷宮攻略~体力9999のレアスキル持ちタンク、勇者パーティーを追放される~
●冒険者ライセンスを剥奪されたおっさんだけど、愛娘ができたのでのんびり人生を謳歌する
●落第賢者の学院無双 ~二度目の転生、Sランクチート魔術師冒険録~
©Roy ©Shinkoshoto/SB Creative Corp. ©SHU 2021
©Suzu Miyama ©Ezogingitune/SB Creative Corp. Licensed by KADOKAWA CORPORATION

SQEXノベル

転生したらドラゴンの卵だった ～最強以外目指さねぇ～　15

著者
猫子

イラストレーター
NAJI柳田

2021年11月6日　初版発行

発行人
松浦克義

発行所
株式会社スクウェア・エニックス
〒160−8430
東京都新宿区新宿6−27−30　新宿イーストサイドスクエア
（お問い合わせ）スクウェア・エニックス　サポートセンター
https://sqex.to/PUB

印刷所
中央精版印刷株式会社

担当編集
齋藤芙嵯乃

装幀
村田慧太朗（VOLARE inc.）

ISBN978-4-7575-7563-9　C0093

Printed in Japan